壹壹集

许宏泉

人民日报出版社

自叙

《壹壹集》应该是一本好看的书。

这些文字的写作始于二〇〇一年,至今已有十三个年头。像是今天的微信,星星点点地记录下身边的鸡零狗碎,小至一本书一幅字一句话,大到新闻热点艺坛风云,所以,无论看门道,看热闹,总有点看头。也因为时间跨度之大,表述的方式或是语言也是五味杂陈,未能谐美。

要说《壹壹集》的缘起,首先是因为我读笔记小说的爱好,从《世说新语》到《宋人笔记》,尤其清人的笔记,凡能找到的几乎读个遍,一读再读,便有了写作的冲动。起先只是在各色小本子上随写随记,至今尚有一些失踪不知去向者。后来,因为主编《边缘·艺术》杂志,开辟一个《编辑档案》栏目,这些素材便可作备用。杂志一度停刊,但这种写作的习惯依然保持,及至杂志复刊,它们又可以有用了。就这样,陆陆续续记了十多年。现在,从"档案"中一选再选,挑出了这些文字。取了个名字《壹壹集》,其实这也是信手拈来。以前出版的《留云集》、《听雪集》,皆取自我的书斋名,这回也一样。许多年前在苏州淘得一块楠木旧匾,俞曲园所书"一琴一观之斋",据说是他女儿的书房。虽我既无唐琴亦无汉砚,还是挺喜欢俞老先生的这几个隶书,不妨就挂在我的"南书房"了。请张充和先生写书名时,老人家说,两个一不好写,便写作壹分钱的"壹"字了。呵呵,朋友说,好在没写两个一,看上去便成"二"了。其实,这些小故事真的挺"二"的,是吧?

谢谢董宁文看中这些文字,并一催再催,我才整理出来,是不是也有点新版本的笔记小说模样了呢?

二〇一四年四月二十三日世界读书日于西山香泉小筑

目录

001 **自叙**

边缘谈麈

001 材料
001 陈大羽
002 程腔
002 古董
002 画框
004 画竹
004 "夹生"
004 酒鬼
005 潘公子
005 钱松岩
005 土方
006 蜕阁
006 伪扇
006 义犬
007 李小山
008 雨夹雪
008 止痛法
008 大笔小笔
008 书与画
009 旦角
009 徐半尺
009 亚明的"老三篇"
010 狂人
010 史树青
011 鉴定家

011	眼力	020	活受罪
012	藕公论其画	021	呈画
012	蛇人	021	柯髯书法
013	小姐	021	光朗堂
014	化骨丹	022	学书
014	画债	022	七夕
014	药方	023	折扇
015	齐黄之画	023	藏印
015	题字	024	雅贿
015	李白	024	打财神
016	读画	025	淡彩画
016	创新	025	奇境与奇诗
017	智慧	025	梦
017	赤脚书家	026	砍价
017	甲骨	026	李可染画
018	忧郁症	026	退画
018	书名	027	菩萨超市
019	画竹第二人	027	吴小如说
019	宋季丁	029	三吴
020	为爱别苦	029	手段
020	第一与第二	030	眉绿

030	范扬	039	沈尹默题签
030	享受淘汰	039	全集
031	安云武说	040	失望
031	范扬说	040	大家
032	佳句	040	传统
032	大千造假骗黄宾虹	041	狂狷
033	真伪问题	041	牛年八典
033	梅兰芳	042	徐门
034	入世与出世	042	范之狂
035	黄华知己	043	傅抱石
035	蒲江	043	画展
035	短信息	044	境界
036	归庄画竹	044	古琴
036	李世南	044	画家
036	美言	045	现代书法
037	民谚	045	兴奋
037	画值	045	刘海粟
038	文字迷信	046	题画
038	买书时尚	046	李先生来否
038	崔鉴定	047	放生
039	画史	047	委屈

047	山寨	058	新书
048	数码	058	《长恨歌》
048	一匹蟹	059	古琴
049	造像	059	无声
049	山阴故事	060	画家村
049	相框	060	位子
051	举牌	061	失语
051	现实意义	061	真伪
052	招研	062	画马
052	考研	062	钱与感情
053	专家	064	伪作也要负责
053	排毒	064	二茬苦
053	伊沙	064	画和尚
054	伊沙论女人	065	画奴
054	诗人	065	遭遇
055	绯闻	066	美协
056	伪文	066	不喜欢
056	国家级别	068	黄永玉书法
056	范郭官司	068	西山逸士
057	陪孔子吃饭	068	买画
057	鸟巢	069	自卑

069	贵族艺术	081	手写
069	有求必应	083	猫
070	卖字	083	假画
070	问答	085	招安是一种心态
070	遂园之论	085	鉴定家
071	研墨	085	竞选主席
072	胡子	086	止庵
072	王雪涛	086	蓬叔
072	自信	087	可怜人
073	牌坊	087	道高一尺
073	陈巨来亦狂人	088	春联
073	百鱼图	088	画价
074	说关良	089	南张北溥
076	以耳代目	090	赵云壑·黄宾虹
076	盲趣	090	王个簃
078	罗卡子	091	铭心绝品
079	建筑	091	黄宾虹
079	穿越	093	真假
079	邵燕祥	093	啃老
081	入会	093	方土忆朱振庚
081	谁敢买	094	鉴定

094	责任	109	书法是这样做成的
096	少年喇嘛	110	黎雄才研墨
096	通不通	110	毛笔
097	白云留住	110	画上天
097	张大千说造假	111	如意馆
097	郑质庵遗孀	111	宾老继续冷落
099	亚明遗札	112	收藏
099	早恋	112	上课
099	不敢着笔	112	国企生
100	擦皮鞋	113	方向的转变
100	尽信书不如无书	113	风月无边
101	诗	113	老师
101	一种花	114	好夫人
102	人体艺术	115	画贵平
102	视野	115	时代
103	假画	115	艺术馆
103	拍场上……	116	李与何
107	斯文	116	悲喜交加
107	中西	116	树殇
107	老鹰	117	爱酒
107	贼见愁斋	117	某画家忽悠老板语录

118	画价	126	康有为与萧娴
118	业余	127	启功与吴小如
119	明星画展	127	吴小如
119	老周	128	果子
119	北大学子痛言	128	八大山人
120	名山	128	四僧
120	艺术	129	距离
120	痛苦与快乐	129	识见
121	假画之苦恼	129	服务到乡
121	不重复	130	颓笔之趣
122	文化农民工	130	中枪
122	"八〇后"	131	刘旦宅
122	言论	131	陈传席的三高
123	画为鲥鱼	131	耐着性子看
123	谢之光遗言	132	菜单
124	阿猫阿狗之名	133	创新
124	取名	133	鉴画
124	重大事件	134	画派别论
125	画值	136	丁八大
125	画意	138	全国美展
125	"新加坡"	138	破与立

140	怎奈世上一"钱"字了得！	152	飞白
141	老农的爱情法则	152	闺秀书法
141	陈传席的新诗	153	黄老大
143	吴冠中谈徐悲鸿	155	过瘾
145	上船	155	你说了不算
145	口误	155	意气和气节
146	识见	156	一了说
146	开幕式	158	招安
146	情景	158	担当
147	官·艺	159	不变
147	这片画坛	159	感言
147	标准	159	出境
148	字与画	160	个性
148	好听的话	160	韩羽买衬衣
148	罗立火发火	161	胡子
149	朱振庚	161	陶冷月
150	多情种子	161	恰如其分
150	标题	162	开心或伤心
150	艺术	162	砖家
152	时代	162	一语惊人
		163	抬杠

163	创新	172	高研班
164	林风眠的白粉	172	金梁
164	称呼	174	好大
165	悔不当初	174	人云亦云
165	莫言	175	第二
166	绝望	175	三戴墓园
166	理论	176	张曼菱诗
167	上市	177	口误
167	佳画	177	什么黄宾虹
167	红头文件	177	王金声
168	Ke 还是 que	178	掠奇
168	误趣	178	不解
169	雅俗	178	差得太多
169	吆喝	179	方力钧
169	得意门生	179	只管干活
170	祸从口出	180	动力
170	活着	180	老辈派头
170	学古人	180	失算
171	论画	181	书香
171	佛头著粪	181	煽情的动情
171	童趣	182	假画国度

182	文人画	191	档次
182	王己千的创新	192	新将领的志趣
183	影后	192	稀世奇品
184	李可染之变	193	北岛
184	变与不变	193	陈丹青说
185	富聚	194	徐悲鸿关注媒体
185	左道	194	吴兆基的素扇
186	知己	195	名家
186	安全问题	195	读联
187	交易	195	雅俗之解
187	画家一	197	媚眼
187	刘知白	197	妙造
188	超拔	197	祸从口出
188	伪石	198	好为人师
189	好事家与鉴赏家	198	死名
189	此一时彼一时	199	容庚先生的字
190	赏鉴	199	微图
190	鉴伪	199	恩师
190	除旧	200	友人论书
191	画家是没法传代的	201	酒赚
191	危机感	201	王大师

202	朱家溍妙语	214	宾翁跋吴文徵画
202	同学	214	王献唐跋张菊生画
203	见识	215	王观堂手稿
203	妙方	216	竹垞审定南宋拓本十三行
203	名票		
204	二十世纪	217	赖少其哀江诗
204	周汝昌痛诋郭大人	217	邓石如名联
205	吴小如批林散之书	220	杜诗
205	南田不行	220	苏雪林论画
205	选择	222	三天一大黑
207	说句心里话	222	爱纸（一）
207	不变	222	爱纸（二）
208	半僧	223	假票
208	卖钱与不卖钱的	223	十万个为什么
208	品位	224	摆架子
209	行话	224	巨联
209	雅贿	225	宋文治
210	启功不打假	225	张充和
211	折磨人的问题	225	吴良镛
211	书协领导	225	启功
212	毛公鼎	226	作画景界

227 画僧	**边缘人语**
227 书斋	239 二〇〇一年
228 借书	241 二〇〇二年
229 快意斋忆旧	257 二〇〇三年
229 好办法	268 二〇〇四年
230 土豪金	289 二〇〇六年
230 内·外	
231 魏晋风度	
232 "右派"	
232 审美	
233 文怀沙	
235 周有光	
235 写生	
235 刘、黄失和	
236 传世之难	
236 农民	
236 骂是惦记	
237 社会	
237 住手	
238 黄土画派传奇	

边缘谈塵

材料

尝闻于某画冰雪用矾水,刘某画风雪用椰子汁,又闻某某画家用牛奶、豆浆、油盐之类。可见今之画人作画全不在用心而在用心计耳。

陈大羽

白下友人言,过去有江西人老往彼处推销陈大羽的对联,称一千买来,加两百就卖。都是真货。而大羽先生卖字,无论人情,不少两千。颇不解。陈既殁,家人分点所蓄,现金数百万,中有假钞若干。真相方大白。

程腔

章诒和先生尝论京剧程腔云:程腔流行,可谓时尚,盖当下乐坛也以中低音为主流。程腔沉郁顿挫颇能契合当代人对音乐的审美所好,故听程腔、唱程腔人也多了起来。梅派有太多修饰,难度似乎更高,梅兰芳既往,亦不复真梅矣。

古董

燕紫发来短信:某人买了个"西周"的陶罐,拿去请专家鉴定。专家说:"这哪是西周的?这是上周的啊!"
彼道:那就是商代的啦!

画框

友人新居素壁挂着一只楠木画框。客或不解,笑答:实在找不到一张合适的画。您就去想吧,可能是倪云林的画,也可能是一幅苏东坡的字。

程砚秋像

画竹

海上韩天衡尝称:我画竹子,临过宋元,最让我得到启发的是一次见到一个油漆工人,在刷墙,刷子一甩,拖出的线条,太灵动了。此后每画竹时,总会想到当时的情景。

"夹生"

李小山二〇〇九年九月二十五日在张家港"吴冠南画展"研讨会上发言,说:黄宾虹一生在说宋元,但他的画连宋元的边也没搭上,半生不熟,他一直活在这种"夹生"中。后来的傅抱石、李可染也是这种半生不熟的状态。

酒鬼

李雨村诗话云:"善饮者谓之酒仙,不善饮者谓之酒鬼。金寿门诗云:'沈酒直可呼鳌伯,朝朝醉死忘颓龄。有时诳我说断饮,怕我天上囚酒星。'伯者,酒鬼也。"犹记我乡老中医鲁治平先生尝有《酒鬼》诗一首,云:"人言鬼畏酒,见酒即形销;我今成酒鬼,得酒更嫖姚。"堪称酒仙风致也。

潘公子

章老太说:某日与潘公子同席,这人特谦虚,说,不知怎么的,我竟然当上这院长了。也不知道是真谦虚还是有意要做出这姿态来。

钱松岩

白下胡老溪说:钱松岩将画好的画分成三等,蓝绸扎的一卷是送人情的,有人拎来点土产之类,就捡其应酬;扎黄绸的是送当官的,质量高些;扎红绸的是卖钱的,画得最工。

土方

曩余患脱发疾,俗称"鬼剃头"。友人示一方,以侧柏入酒精浸泡,复用姜片蘸汁反复拭擦患处,只月余,毛发重生。

蜕阁

白下蜕阁女史,康南海弟子,擅书。其诗多为老医师费冰捉刀。

伪扇

尝见伪作明清名家书扇,书法精妙,纸笺年代相契,细审之,款印多疑。彼以书风相似某大家的小名头或无名辈原款割去,以质地绝类之笺齐缝补接,重书某某大家之款,以此渔利。尤可悲者,那些"小名头"们便如此被射利家剥夺了流芳后世之权利,淹灭不显也。

义犬

偶读周栎园《书影·因树屋书影》第八卷,有云:

> 鄞江东包氏,望族也。有老母畜一鹅,躬亲喂养。已而母死,鹅绕棺哀鸣三匝亦死。包氏子颜其

堂曰"赧鹅",文徵明太史为之记。

忽忆某年,亚明先生突然发胆囊炎,旋往上海急诊。近水山庄有小犬,见主人病状,哀鸣不已,其声甚凄厉。及主人离开山庄,小犬拒不进食。数日后,亚公归来,见小犬已奄奄一息,伸手欲抚之,小犬忽纵身一跃,伏倒主人脚前,气绝身亡。亚公叹曰:它替我一死也。情景颇感人。

李小山

李小山说,办公室堆了很多宣纸,我常手掂毛笔在屋里踱来踱去,从来不敢下笔。友人说,你可以写写李北海,或写写《多宝塔》。我说:我自己都不知道我需要什么,你怎么知道我需要什么?

有人像鸟一样珍惜羽毛,有人像泥鳅一样喜欢在污泥沟里折腾。

就这样,我一直未敢轻易动笔。

雨夹雪

有飞凫客携来《中兴名人尺牍》一册,细审之,凡"小名头"皆真,若曾湘乡、李少荃者皆假。真真假假,"行内人"称之"雨夹雪"。

止痛法

儿时抓鱼,常被"昂刺鱼"扎伤。旧传一方:昂刺戳,鲫鱼搭。即以鲫鱼拍打伤口,据说其分泌物有镇痛之效。

大笔小笔

湘西黄永玉尝称,爬格子,实在清苦,故又作画。谓以大笔养小笔。

书与画

昔游岭南,造访黎雄才先生,先生指壁上新书楹联自诩道：我的书法都是画。古人论有"六法"通"八法"，未卜黎公作画能否皆是书也。或谓作书如画，非难事；而画法通书法，难矣！

旦角

东方芥子尝论京剧旦角：第一代，男人唱女人；第二代，女人模仿男人唱女人；第三代，女人唱女人，尚未有之。

徐半尺

陈传席发一短信：某公号称"徐半尺"。一女惊曰：半尺啊，哪个女人能受得了！虽欠雅尔，质之时下鉴定家之轻薄，堪称妙哉！

亚明的"老三篇"

亚公晚年肥遁洞庭东山之近水山庄，宾朋仍络绎不绝，乃撰一联自解：党政军民来来往往；三教九流进进出出。每值满座高朋，亚公喜谈往说故。我因常客，故所闻无非大同小异往而复之"老三篇"。某日,和溪杨仁恺一行来访,庄主又欲开讲,见我在侧,乃使一眼色,我知趣退避。及出门,已闻客堂掌声遂起。

狂人

黄侃素有狂人之目。尝访王湘绮,王喜其年少而能博览,乃称:"你年方弱冠就已文采斐然,犬子与你年纪相当,尚一窍不通,真是钝犬也!"黄闻罢,狂性大发,道:"你老先生尚且不通,更何况其子也"。湘老大度,哈哈一乐,未与眼前这位在他看来日后有望成为大家的年轻人计较。或谓黄少年气盛,则难免不近人情,此亦文人之轻薄也。

史树青

某日造访史树青丈,恰一飞凫客携来书画鉴定。及展画轴,先生以为不真,故不欲作题。来客却道:真,还要您老题干吗?并称鉴定费可以加倍。史公坚却之。

尝闻史氏多将赝作鉴称真迹云云。今日所见,所谓伪作真题,实非为阿堵物而曲就,是真目力不济也!

鉴定家

今之鉴定家,以国家文物书画鉴定委员会若干老为权威,因其得天独厚之地位,故而享有学术之话语权。无论宋元明清、扬州、海上,莫不能鉴其真伪,莫不能定其生死也。

昉溪案:鉴定家或如医师,当有内外科之别,倘使骨科治心疾,岂非儿戏?轻者耽搁病情,重则贻误性命。故书画鉴定亦当分门别类,各有所长,亦有所短是也。

眼力

浮碧词人称,大凡收藏者的眼力有三个过程,初见皆真,再见皆疑,最终,见真为真,见伪即伪。至此境界殊不易,当今寥寥无几也。

藕公论其画

有谓吴藕汀老人画太潦草,不负责任。老人笑道:画非药方,攸关性命。喜则可留,不喜弃之。

蛇人

戊子端阳,客居西湖长桥,山斋南窗远望雷峰塔影。友人忽谈起白娘子传奇,称此日正白蛇劫难之时,一杯雄黄酒,美人现原形。忆《履园丛话》有《蛇妻》一则。堪称白蛇传奇的"后现代"版本:

> 湖州归安县菱湖镇某姓者,以卖碗为业,纳一妻甚美,而持家勤俭,异于常人。一日谓其夫曰,夫君作此生涯,饥寒如旧,非计也,子如信吾言,自有利益。其夫听之,遂弃旧业,买卖负贩,一如妻言,不及十年,遂至大富。生二子,俱聪慧,延师上学。惟每年端午辄病,而拒人入房,其夫不觉也。长子方九岁,偶至母所,见大青蛇蟠结于床,遂惊叫反走,回视则母也。因告于师,师故村学究,以祸福之说耸动其

夫。妻已知之,遂谩骂曰:吾家家事何与先生!是夕忽不见。乾隆初年事。

小姐

小姐本闺门女子之称谓,近时忽沦为不雅之词。有谓小姐乃"三陪"之别称,故天下女子一时皆有"小姐"恐惧症。

小姐与风尘女子间的瓜葛,实非今日方始,昔吴门亦有称妓女为小姐者。钱梅溪《履园丛话》称:

> 吴门称妓女曰小姐,形之笔墨,或称校书,或称录事。有吴兴书客钱景开者,尝在虎丘半塘开书铺,能诗,尤好狭邪。花街柳巷,莫不经其品题甲乙,多有赠句,三十年编为一集,名《梦云小稿》。尝曰:"苟有余资,为付刻,可以纪吴中风俗之盛衰也"。袁简斋先生每至虎丘辄邀景开为密友,命之曰"小姐班头"。

化骨丹

儿时闻村人"讲经":某村民耕地捕获硕大黄鳝,周身灿黄,约两尺长。烹之下酒,大快朵颐。酒足饭饱,沉沉入睡。

及天明,妻竟不见男人,但见床单之上一滩血水,枕边一堆黑发……原来,此鳝年久成精,谓化骨丹,食之则化为水也。闻之,毛骨悚然。

画债

某友感叹习画二十年,所谓有成就感,便是开始有了画债。

药方

曩老家有名医常氏,以下药凶猛,善治疑难杂症著称,方圆数十里莫不晓其医名。某日,一中年男子来就医,称其"心痒",数年不愈。常大夫依旧号脉、开方。病人面露喜色,持药方退去。少顷,匆匆返回,称药房说没有"小指手"这味药。常大夫说:药房既无"小指手"这药,你又哪来心痒的病?!

齐黄之画

言公称:读黄宾虹画如看踢足球,哪怕一球未进,看的也特别过瘾;齐白石画像打乒乓,小心谨慎,偶尔猛抽一拍,也很精彩。

题字

某日,陈传席发一短信:李锐索我书,题以"拔一毛而利天下",如何?李曾任领袖秘书。

李白

戊子仲夏,登采石太白楼,友人即兴吟韩昌黎"李杜文章在,光芒万丈长"句。偶读王揖唐《今传是楼诗话》,有云:

当时所称,乃李衔,非李白也,杜赠衔诗"李杜齐名真忝窃",乃其明证,特世人不暇深考耳。

虽以讹传讹,却成为定论,况今人只闻李白诗名,罕有知衔者。或谓,以太白诗名千古美传,代之衔者,也未尝不是顺乎人心也。

读画

丰都归云山房主人尝称,家中画册很多,独黄宾虹百看不厌。看张大千、傅抱石如入园林,黄宾虹不见端倪如入深山老林。此正谓读画乐趣所在。

创新

吴藕汀先生尝谓创新不可生硬,没有原真性,遑论原创性。若商周铜鼎,不能接上电线就作电饭煲。然今人总有此天开之异想。

智慧

犹记儿时于村后树林里捉蜻蜓,口诵儿歌:"蜻蜓子,你歇,我不捏,我捏花蝴蝶"。小时候未作多想,后来觉得是骗人的话,再后来觉得是智慧。

赤脚书家

一九七〇年代,乡村有卫生所,大夫肩背药箱,奔走村户,谓之"赤脚医生"。

书家林散之,回历阳老家,应里人之请,囊携笔墨,上门作书,自称"赤脚书家",亦时代之使然,今已不可想像也。

甲骨

乡贤丁山先生,曾执教山左,研甲骨古文。闻某学生以白馍刻莫名图案烤成焦状,拓一纸呈其求教,云从肆中所获。丁伏案冥思,考其文字,彻夜不寝。及见老师刻苦之状,不忍欺骗,遂叩师门,请罪陈言。丁师莞尔一笑,云:终归有了结果。此乡人十余年前所说,未可信也。

忧郁症

东方芥子说,曾去看望作家何为,何说,我过去写过那么多文章,大谈共产主义理想,让很多人受蒙骗,我自己也被自己蒙骗。我是个罪人,该死。他几次想自杀,没死成,被救了。医生说,他患了忧郁症。患忧郁症的人是品格高尚的人。

书名

程氏尝辑随笔文字付梓,名《宾退集》,传席先生称书名为其所取,颇得意。又云:程为出版社头,登门者自然络绎不绝,惟待宾退后,方能灯下写作,意境深矣!实宋代赵与时即有《宾退集》(十卷),罗复堪亦有《宾退随笔》印行。

画竹第二人

我友乔薹之,自矜画竹无人匹敌,欲治一印"大江南北画竹第一人"。某善意劝其刻"画竹第二人",以为留有余地。乔正色道:"请问,那第一人是谁?!"

宋季丁

吴人近年极推宋季丁,想多与其生平舛厄更于晚岁病困不堪引绳绝命遭际有关。宋作金文秦篆,颇有生拙野逸之趣。曩于京都柯髯公寓见其所书"一尘不染"四字,布局新奇、线条苍虬,过目难忘。季丁亦善行草,仍未脱吴门浮薄意气。平心而论,近时吴门善书者,季丁当在费之右者。

又:偶闻吴门钟天铎称,昔得于右任书帖数百叶一大摞者,送与宋季丁,宋阅一过,用剪刀绞下"可观之字"数十,余皆弃去。闻罢愕然。此亦宋氏传奇之一。

为爱别苦

读寐叟《海日楼题跋》,有跋陈老莲画册云:

> 平生所见老莲画无有卓绝如此者,或恐遂为海内第一。又恐贫家不能久守,此时见取,他年为爱别苦也。

堪称意味深长也。

第一与第二

范扬自称当代画坛第二人。以为,第二是固定的;谁第一,则由我说了算。故其见谁即谦称:你第一,我第二。此实当年张大千惯用之噱头也。

活受罪

凡人常有活受罪之叹。基督徒对此感受最为深切。人之受苦受累全来自我们的原罪。

呈画

某次画展聚宴,国家画院邢某称,某领导人退二线,秘书索画家王二明作一画呈上纪念。王用心作六尺大画《松下问童子》。秘书及见,正色道:领导刚退,你这问童子不妥,难道你让领导问新上来的不成?于是,画家又重制《竹林七贤》一幅。

柯髥书法

柯髥在留云庐作书,陈传席道:你现在想写不好也不行啦!柯掀髥一笑。

光朗堂

南通老画家尤无曲晚年患肾症,医称需作手术。老人忧患犹豫,忽夜梦一缕阳光入室,晨起,即决意手术,以为梦中见光明朗,为瑞祥之兆,遂言其居"光朗堂"。人或不解,以为"咣啷当"之谐音耳。

学书

某军旅书家怂恿上司学书,称退下后可以修身养性、陶冶情操,上司一笑;另一战友亦擅书法,则对其说:首长应该练练书法,等您做了领导人,肯定要有人找您题个词什么的,哪能写不好字呢?首长面露喜色,不日将其调到机关,陪其挥毫。后来首长果然升迁,彼亦随之上晋京城。

七夕

农历七月初七夕为七娘会,乞巧。李调元《南越笔记》称:"以素馨、茉莉结高尾艇,翠羽为篷,游泛沉香之浦,以象星槎"。因有牛郎织女约会鹊桥传说,今人以此为中国情人节,颇有效颦之嫌。旧时传统元夕灯市,传为青年男女眉目传情良宵,或谓"情人节"亦可。词云:去年元夜时,花市灯如昼,月上柳梢头,人约黄昏后……是也。

折扇

友人示宋代玉人小件,背手持一折扇,鉴家以为明代仿制,以为宋无折扇。偶读钱梅溪《履园丛话》之《考索》章有称:

> 或谓古人皆用团扇,今之折扇是朝鲜、日本之制,有明中叶始行于中国也。案《通鉴》"褚渊入朝,以腰扇障目"。胡三省注云:"腰扇,佩之于腰,今谓之折扇"。则隋、唐时先有之矣。

藏印

余每见法帖名绘,藏家印识朱记肆意钤之,殊生厌恶。郑逸梅曾举姜二西言:"诗书名迹以印钤之,累累满幅,亦是书画一厄。譬如石卫尉,以明珠精镠聘得丽人,而虞其他适,则黥面记之;抑且遍黥其体,体无完肤,较蒙不洁之西子,更为酷烈矣"。人有贪欲,此私心昭然,已近病态。

雅贿

徐子晋(康)《前尘梦影录》卷下有称:

> 龚定庵……得天宝铜造像,面阳文佛像、背如碑式,小楷阴文,即张艺堂《金石契》中压卷者。……铜造像为梁太守(恭辰)所得。刘方伯(喜海)亟赏之,隐以报之。为吴中丞(文镕)所劾,列入弹章。耆好足以累人,即金石玩好,亦被吏议,可不慎欤。

可见以文物行贿古即有之。惜此公生不逢世。闻今日查处腐败,文物字画诸风雅之物不作贿赂之证也。

打财神

乡间有接财神、迎财神风俗。吴藕汀先生尝言,旧有打财神一说。拜多了,财神也麻木了。倘若你打他一顿,他就恼怒,要找你算账。财神找你,不就好了。

此"非常智慧",惜不为世俗所认同。

淡彩画

某于画廊重金购藏北京田氏人物画一幅,淡彩晕染,极得朦胧之趣。画廊称:此中国之印象派。几年后,藏者发觉画面渐已模糊,色彩褪却几尽,乃上门要求画廊代请画家补色。老板称:画家尚无售后服务先例也。

奇境与奇诗

前岁,偕友人驱车盘山而上,登绝顶,一望草原,忽见天际群峰叠起,可谓山上有山。忽思刘继庄《广阳杂记》卷一所记阎古古诗"峰末有峰青汉插"句,可谓奇诗奇境。

梦

老家乡下称做梦为"访梦天",或谓又称"梦萦",噩梦醒来,惊为"被梦萦往"。虽俚俗之语,亦颇有诗意。

砍价

友人称,去潘家园淘物件,要学会砍价,称:"拦腰一砍打八折"。

李可染画

油画家古其见李可染山水画,以为效果图。昔南方某翁见陆俨少晚年山水,称之"老虎皮",同样求效果耳。

退画

犹忆数年前,艺术市场疯狂,某青年画家自恃才高八斗,画值千金,作品见风叫涨。山东多家画廊纷纷南下购其作品。及今金融危机,泡沫瞬间破灭。传近日有山东某画商雇人,守候画家小区门前,要求退货。称此画家曾扬言所作年增数值,则今日已跌至半价。先是理直气壮要求退货,后又苦苦哀求,请求救助,以脱困境。盖银行催债,无法生存也。颇令画家难堪。

菩萨超市

吴藕汀先生晚年回南浔,住小儿家,我与香洲自吴门往访。先生所居南林镇东,窗外平畴一望,不远处有小庙。先生指问:啥地方?答小庙。先生捉笔于笺上写了四个字:菩萨超市。

先生素无宗教信仰,尝以为:哪个宗教不要钱,我就信。

吴小如说

莎斋吴小如先生尝对小孤桐轩主人语:

沈某都进文史馆了,以后我还去那干吗?

欧阳称书法学吴玉如,我看不出他哪一点像我父亲。

吴藕汀《戏文内外》我看了,这个人不懂戏。

传承文献千秋业

筞领风骚三百年

宏泉先生属题大作

戊子小雪 吴小如

吴小如墨迹

三吴

泾县茂林筹建"三吴纪念馆",来人请吴小如代求启功题写馆名。启自言自语说:三吴,吴作人也够格?

手段

今日书画作伪手段较古时有过之而无不及,本承古法,更能时出奇招。某日,拍场见署款阮元隶书联,珊瑚笺。清季原装,书法亦见古意,初视颇信。细审之,实为改款,置换上下联,拭去原款印,右侧加一启首印并"xx年春日",左侧加"书奉",与原上联"xx大人雅属"呼应,添"节性老人阮元"并印,手段之巧妙,似天衣无缝。然既是作伪即难免有破绽,稍读其联语,上下易位,仄起变为平声。作伪者欺时人多不谙平仄,故明目张胆,上下颠倒。

又,旧时作书常有四联屏,伪手分别将前三屏加款某某,(多为状元)作单条出售。

眉绿

顾文彬有《眉绿楼词》,吾乡有咒人俚语,你眉毛绿了云云。盖眉绿为鬼也。古人谓绿眉为仙,此或有别白眉,喻体壮康强也。

范扬

江东范扬常以"近有范当世远有范仲淹为先祖"引以为豪。某日与一班政商界友人聚饮,招余同席。面红耳热之际,范又谈起天下之忧之乐名句即出范氏家族。长安某刘老板忽附和道:范大师,范进中举也是你们范家的事吧!范吞吞吐吐道:"这个不算,小说。范当世那才是近代文学大家"。刘某虽知马屁拍到了马腿上,仍自言自语道:范当世肯定没范进中举出名。

享受淘汰

某日,与柯髯电话闲聊,说起戏剧,渠又一如既往感慨莫名。说,徽剧因其通俗而取代昆曲;京剧因其通俗而取代徽剧;卡拉OK什么也不是,而取代京剧。

又说:最近有人问我近况。我说:我老了,已被社会淘汰。淘汰是很痛苦的,我正学会享受淘汰。

安云武说

秦淮河畔邂逅马派名家安云武,席间闻其说马连良先生往事,称,马先生临终前很无奈地说道:"他们说话咋不算数啊!"

又说,翁偶虹尝称:京剧,慈禧时代最盛,军阀时代也很自由,有极大的生存空间。以后,京剧,乃是叫天天不应,叫地地不灵了。

范扬说

范扬说:能画出我叔叔(范曾)这样的画的人很多,能画出他这么大名气的恐怕很难。

佳句

沪拍场见郑苏龛书联,虽疑伪件,联句却佳:
> 醉后剧谈犹激烈,
> 花前归思自飞翻。

堪为性情中人之襟抱也。

大千造假骗黄宾虹

韩天衡讲了一个大千造假骗黄宾虹的又一版本,称此为当年谢稚柳亲口所说:某日,谢与张等一行,造访黄寓。黄称近得一巨幅石涛,颇为得意,出示共赏,大家客套地说了一通好。出门,大千称此为彼所造。众人不信。大千称:我就怕你们不信,装裱时,我有意裁下画侧一条留着,不信,可以审之。说的有根有据。或又想起某人尝称,黄宾虹收藏古画,只看好坏,不论真假。此说,当不可脱离语言环境论之。事实上,古迹鉴定所谓真假,很难有绝对性,好坏之论又何尝不是一种策略呢?听罢故事,我对韩先生说:对于张某的造伪手段,历来都大肆渲染,称之高妙，却并无指责其品行之恶，此非文化传统之劣根性乎？

真伪问题

据电视报道，某吴门女子以两百余万于拍场举得吴冠中早年油画一幅。吴指为伪画。乃有买方状告拍卖公司纠纷。法院判买方败诉。行内称为"吃药"，或谓"交学费"，只是这学费开值太高。电视上，某"鉴定家"振振有词称：画家本人不具备作为作品鉴定资格，理由是：如其早年作品，因其水平较低，悔其少作，故坚称伪画，所谓"避丑"也；又如其送与某某人作品，或有意避家属知情，故亦称其不真。此说无论是否成立，它却将当代画家的人品道德诚信一笔勾销，殊可悲矣！

梅兰芳

电影《梅兰芳》仍以梅的"创新"为尚，昔吴藕汀指梅破坏京剧，其背后作俑者为齐如山。齐于中国传统知之甚浅，虽通德文，对西洋戏剧亦不过一知半解。其实在当时,能精中西者实无其人,梅不找齐如山,找个齐如水,同样如此。事实上,梅的"改良剧"《嫦娥奔月》、《醉酒》等等在当时也并无多大影响。在其身后,却被大肆渲染,他的腔调正迎合京剧衰落过程的状态,被表演者和观众所接纳。此亦"梅派"之幸,却未必京剧之幸。强调商业,迎合观众,而并不在意培养观众,或谓京剧衰落之根源。

入世与出世

一公来访听雪斋,谈及当代画坛现状,以艺术虽卖价大跌,则无损其学术意义,真正担当中国艺术与国际接轨的是当代艺术而非国画。国画传统的文化取向是出世,而当代国画家都积极入世,取悦官僚文化,以画作挂在某某领导人办公室为荣耀,画展上张贴与某领导人合影巨照,传统文人的出世情怀丧失殆尽。恰恰是当代艺术家具有独立于官方体制的自由品格,他们用作品说话,不买官僚的账。

余曰:他们却买资本家的账。

黄华知己

陈康祺《郎潜纪闻初笔》卷七有称:无锡邹小山(一桂)工诗善画,尝绘菊百种,各题诗其上以进。上赐额四字,曰"黄华知己"。

昉溪案:若今日,小山则可称"菊花王"也。

蒲江

蒲江说:王朔这个人很讨厌,可他骂的人比他更讨厌。

短信息

友人称:短信是当代的"乾嘉(考据)学",乃意识形态下的副产品。

归庄画竹

叶廷琯《鸥陂渔话》记"归恒轩墨竹卷",有恒轩自跋纸尾云:"人之学问,与年俱进,杂技依然。余于墨竹,本游戏为之,初无意求进,然相去十余年,亦遂觉大异。此卷殊不工,但不至如近日画工之俗耳"。颇自负也。

李世南

己丑岁朝访山阴李世南,先生称:画贵变,屡变屡奇,七十岁前尽可变化多端,不可定型结壳。昉溪云:有指先生变更无常,难免有求脱太过之嫌。答曰:我在意过程,岂能强求结果。

美言

尝见范曾论某澳籍华人画马称:"虽古韩幹、曹霸无以过,窃以为伯仲悲鸿矣。然悲鸿之马犹有刻画为形肖,而吾兄之马,恐驰骋画史五百年无虞也"。菲薄前辈,而不吝美言吹捧时人,此可谓当代评论家人格分裂之实。

民谚

民谚多旧本,亦有新创。犹记儿时,乡村刚安装电灯,遂闻有民谚:人要脸,树要皮,电灯泡子要玻璃。颇能与时俱进。又闻妇女把伢子尿尿,边吟小调:解放啦,天亮啦,大姑娘,尿胀啦!可谓信口拈来,活学活用。盖当时热映电影中即有"天亮了……"之歌曲。

画值

戊子除夕前一日,崔子来访,称画值拍卖网上排行首位,折每平尺四十余万。乃师范曾则只排名三十多位。又称,明年将突破每平尺亿元,可申报吉尼斯,恐怕前无古人了!又道:今人只知炒作,却不会炒作,动辄丈二丈六巨制,就算卖出个千万天价也最多不过如此,光赔两头佣金就四百多万。我,只画一厘米见方,绝对生宣、有笔有墨,有山有水,有款有印,完全符合国画传统,绝非微画工艺之类。十万拍出,折合尺寸,就轻松过亿。活就得这么干!

文字迷信

中国人于文字素有"迷信",以"鹿"为"禄","蜂猴"臆想"封侯",不胜枚举。己丑牛年,坊间以"牛转乾坤"讨口彩,却慎言"财源滚滚",以为"裁员滚滚"之谶,此亦时代特色,令人啼笑皆非。

买书时尚

某年,偕陈传席教授访万荷堂,见几案有新版陈寅恪《柳如是别传》三册,陈问:黄老也喜欢看柳如是。黄老叼着烟斗,一笑:最近大家都在说这个,我也赶时髦买回一套,其实也看不懂。你不买,人家说你没文化。

崔鉴定

崔无言说:我鉴定范曾,三秒立判真伪;文怀沙,二秒。所称"崔五秒"也。凡我鉴定的画,承担法律责任;不信,可以打官司。

画史

范扬尝对学生说:我现在怎么画,以后的"当代画史"就会怎么写。又说:国家画院是不是最高画院?国家画院山水画创作部是不是山水画最高机构?我是山水画创作部主任,我的山水是不是最好呢?

沈尹默题签

昔读《红楼梦》、《水浒传》,甚喜书名题字,隽秀雅逸,却不知何人所书。读黄裳《珠还记幸》,方知为沈尹默手笔,可称出色当行。

全集

韩天衡说:现在出版社贪大贪全动辄出版全集,别的人不说,但说《陆俨少全集》,仅我提供陆先生书画作品就三百六十多件,最后入编仅八十件,怎么能叫全集呢?

失望

韩天衡说,我这么多年来收了那么多学生,从未收费。过去,我向老师学习,他们也没有收过我的钱。这些年,我们只顾发展经济,道德准备却不够。以前我给学生写信批改作业,现在这些信都被拿到网上拍卖,实在让人失望。

大家

陈传席在《陈之佛》(与学生合著)一书前言中有言:"近代画坛大家吴昌硕、李瑞清、傅抱石"云云。郎绍君(任此丛书主编)说:李瑞清画连小家也不算。时余作丛书编辑,将郎主编意见转与陈先生,陈说:他见过几张李瑞清画?我们南京藏有李画若干,幅幅大气象,潘天寿就从李而来。

传统

戊子岁末白下瞻园"江南三逸"画展座谈会,俞律说,传承是文化的衍读,非写几遍《兰亭序》就可称之继承书法传统了。

狂狷

友人说:中国文人美尚狂狷之气,西人达·芬奇尝称"谦卑的人会变得高贵",此正吾国文人所缺失也。而事实上,所谓狂狷,又非独立之人格之体现,他们恰恰缺少批判精神,生性软弱,狂狷多为内心困顿空虚之表现也。

牛年八典

浸月女史己丑新正发短信曰"牛年经典八条语录":一、真正的快乐都是免费的;二、人只应有一种禁忌——律法,除此外,越肆无忌惮越好;三、人最大的错误就是怕犯错误;四、男人没本事就别说女人太现实,女人没实力就别说男人太花心;五、男孩穷着养,否则不知奋斗;女孩富着养,否则一块蛋糕就能哄走;六、工作,退一步海阔天空,爱情,退一步人去楼空;七、不怕虎一样的敌人,就怕猪一样的队友;八、活在自己的心里,不要活在别人的眼里。

徐门

萧爱莲说,徐先生(邦达)最不喜欢杨XX。徐门弟子中,开始先生对杨新还很青睐,后来杨做故宫博物院副院长了,徐颇不悦。徐先生虽未直接说,滕(芳)夫人却说过:徐先生只承认一个弟子,萧平。我闻罢,颇不安,没必要与同门者对立起来。

范之狂

谈及范某之狂,实以为妄也。萧爱莲称,范某一九七〇年代,画名初起时游白下,老画人黄养辉招饮,又示素册索画。范某信笔写"太白醉酒",长题有称"养辉君"云云。我想此人狂性又发,好在黄当时并未察觉。他日遇黄公,先生问:你知道那日范某画上的题字吗?我回去一看,遂即扯去。黄旧为悲鸿门人,与范某乃师蒋兆和等同门,故当为范某师辈耳。(己丑正月十一金陵)

傅抱石

傅抱石有恐高症。亚明说,某年画院画家组织去黄山写生,傅抱石说他就待在山下,坚不上山。画山水者惧山,可谓"另类"。石虎说,傅不敢入山,可能并非恐高。他的山水就那一套卷云皴(或谓抱石皴),无论北方山水,南方山水,皆以一法出之。他不敢看山,怕见到真实山体结构,抱石皴不好用了,所谓眼不见不烦。

尝于萧平寓中见宋人画古松,笔法恣肆。松干之笔意颇似"抱石皴",萧称,疑抱石山水皴法可能即从其树干画法悟得。

画展

己丑春,偕友人去美术馆观某台湾老画家画展开幕式,主持人介绍嘉宾,某某少将,某某……友人道:真奇怪,你们画家的画展,又不是打仗,请这么多将军来干吗呢?

境界

南海陈永锵说:某气功大师授之功法,令其闭目凝气,须心无杂念。少顷,问:有感觉否? 答:有。

又问:是否有点热乎乎的感觉。

答:热乎乎的。

又问:如同置身云端? 轻飘飘……

答:轻飘飘……有云……有仙女……

又问:有仙女?

答:没穿衣裳!

大师惊呼道:……完了,入邪了!

古琴

川派古琴名家王华德说:古琴是专门收拾聪明人的。

画家

石虎说:当年刘继卣先生对我们说:画画,不需胸有成竹,乃要顺水推舟。

现代书法

石虎说:现代书法每个字都需要构思,每个字都是一首诗。

兴奋

某日,一群女诗人趋访北京诗歌评论家谢教授,教授侃侃而谈,从诗人谈到诗的境界和女性的审美。待客散去。夫人悄然从里屋走出,拍了拍教授的肩膀,轻声轻语说道:今天先生好像有点兴奋啊。此徐晋如兄所说。

刘海粟

余在黄山时,闻刘海粟十上黄山,一顿能吃一只炖母鸡。

题画

犹记一九七〇年代末,吾乡县城画家王宗平画墨竹一幅,上题:打倒"四人帮",百花齐开放。是时,我尚在中学读书,在老师家见到此画,不解其意,竹子可以开花吗?老师说:题画,不一定是注解。意在画外。何为"画外"?我仍似懂非懂。三十年后,及见白雪斋主人画鸡,上录吉金长辞,或问其意,称为美学意境,不一定与题材本身相关。与曩时所见,堪为同调。

李先生来否

某年,中贸圣佳拍卖公司座谈会上,史树青先生发言,称笔墨要当随时代。又说:某年见李可染画一画,落款甲子、乙丑云云,我建议他要随时代,写新纪年,一九几几年才是。说罢,此公一伸脖颈,左右探视,道:今天李先生没来吧?众人大笑。此时可染先生已逝二十年矣。

放生

偶见小僧数人偕善男信女在太湖边放生,整麻袋的龟鳖牛蛙往湖中倾倒。或因此类活物皆是从菜市买来的养殖品种,一旦落入湖中,不耐水流激湍,风高浪大,急急遁逃岸边。岛上村民纷纷前来捕捞,孰料又将成盘中之物,终未逃劫数也。

委屈

某日见儿子购回各类软饮,感慨道:"你爸当年哪有这些东西喝啊?"儿道:"你们那时河里的水都是甜的,我们现在喝喝这些垃圾饮料也是没办法啊!"我,无言以对。

山寨

一九八〇年代,有歌舞团来县城演出,剧场门前竖立广告牌,写着演员名单,打头:费翔,后有小字注明:不是那个费翔。当时正费翔红火年代,可谓今日"山寨"之滥觞。

数码

友人发一手机短信:某男生追求一音乐学院女生,写去情书九十九封,终于等到女生回信,只写着"六一"两数字。男生哭了。

偶读卢前《柴室小品》,有《一字电报》,记抗战时事,有一对少年夫妇约定一字,用以电报联络,这号码为"五六三二"。某日他在城里筹款欲送乡下,却忽接妻电报,为特务注意盘查,询问他电报事,为何只有一字?他回答:不是字,你将这号码作简谱唱出好了。特务脱口念道:五六三二,所腊米留。少年笑道:对!速拿米来。我妻是学音乐的,所以她用一个字号码,通知我,快点拿钱来买米呢!

可见此法亦是渊源有自。

一匹蟹

吾乡论蟹不谓只而称匹也。

造像

河南孟津金龙寺景区,沿山沟修建寺庙石窟,供奉各路神仙偶像,凡齐天大圣、过海八仙各有其位,山沟尽头,有一大庙高耸坡上,矗立毛巨像,每日晨初升旗,香烟缭绕,大有"还看今朝"之气概。后为有关部门指令撤去,易为玉皇大帝之位了。

山阴故事

某年见一群书家在搞"兰亭雅集"列坐兰亭曲水边,效流觞故事。客需即兴作诗,某公竟口诵"白日依山尽",吟罢,笑道:我实在做不出比古人好的诗来。或忆山阴王思任《悔谑》中有云:"欲约数人同谒徐文长墓,即参军曰,是日各赋一诗。谑庵曰,倒又要他死一遭了。"

相框

一九八〇年代的某天,老师家来了几位省城的画家。

"兰亭雅集"

我也前往造访。某画家在老师的画案上见自己的签名照片被装在一精致小框立在笔架旁,顺手将其反扣在案上。悄悄地对我说,你老师也搞起形式主义来了。

举牌

某公虽初涉收藏,却颇有门道,尝对我说,倘看中某某名人作品,虽不辨真伪,却自有门道。凡竞相举牌者,即举最后一牌。价越高可靠性越大。若只二三牌即无人跟进,绝不下手。此亦经验之谈也。

现实意义

有许小年教授微博称:有记者问我,萨金特获经济学诺奖有什么现实意义?我不客气地答:别用中国人眼光看天下事,学术就是学术,不问现实意义。胡适早就说过:"短见的公用主义乃是科学与哲学思想发达的最大阻力"。一句"学以致用",害得中国没了学术。

䢺溪案:同样的一句话"文艺为工农兵服务",害得中国没了文艺。尤其美术界仍大行"现实主义"创作,艺术就是艺术,所谓"心画",即"现实"之外也。

招研

偶见人大张教授微博,颇有深意——

多年前,有一个很不错的男生,要考我的研究生。但是他在做学院或学校的学生会主席。我对他说,你把主席辞了,我收你。过一阵,我问他,辞了吗?他说,没有,我觉得我在里面可以改造它。我说,那算了,我就不要你了。你改造不了这个制度,反而可能同流合污。

考研

某女欲报考某教授研究生,遂给教授打电话询相关事宜。教授问:你长得漂亮吗?女生腼腆地说:还凑合。教授挂了。

专家

肖尧说:昨读美术刊物上某理论家大谈"笔墨"论文,从气功说到玄学,羚羊挂角,不着画之一字。据我所知,此公从未拿过毛笔,却说得头头是道。佩服!

边小宝说:昨见王朔博文,有"太监大谈性生活体验"云云,此公可与之有一拼。

排毒

诗人西娃说:写诗是我排毒的过程。

伊沙

某夜,诗人伊沙一行来访留云庐,茶话至次日凌晨,略记妙论:

诗坛有一些小圈子,保持着独立。一定要呵护自己的小圈子。

诗坛有位"于会霸",因名气甚大,常被邀请出席各类诗会。"于会霸"总是要看看与会名单,见有"伊沙"必拒出席,已拒过三次。

某次诗歌节,月色下,我独自散步,忽闻路边三个女诗人在说我,说"伊沙这个人很正"。我突然觉得我应该邪点。

骂,只是我对自己不喜欢的一种正常表达,不正常的扭曲的人就以为我不正常。

伊沙论女人

伊沙说:对于男人来说,女人丑不是致命的,就怕她不像个女人。

诗人

石虎说。现在的诗人,他们有思想、哲学、调侃,但没有诗;可以划为心理学,精神病学,就是不可以归为诗学。

绯闻

范扬在武林招生开课,众门生于花中城摆宴以迎。余与何加林、张伟平、王平等应邀同座。席间,范大师高谈阔论,忽道:画家怎么可以没有绯闻呢?一定要有绯闻。

少顷,何忽作神秘兮兮状对范道:老范,有一件事不知要不要跟你讲?

范速进入诧异状:什么事?

何道:算了,还是不说了吧!老许,你说呢?

我说:不说为好吧。其实我也不知究竟的。

范说:说,什么事?

何说:最近网上传开了,关于你的事。

范说:我的什么事?

何说:说范扬同女生裸泳!

范立即正色道:不可能!绝对不可能!

余叹道:唉!绯闻不是来了嘛?

范似恍然大悟:哦……绯闻。裸泳,有过,有过……

伪文

某日,画家Y示著名评论家刘曦林为其所撰画评一文,说是刘的学生呈来,并称:刘先生深爱其画,主动所作。题曰"中国达利"云云。予匆阅一过,觉其空洞无趣,不知所云。画家Y亦始犯疑。我即拨通刘先生电话,方知为一出虚构之游戏。画坛无道,伪画漫天,孰料伪文又使妖魔出洞。

国家级别

某日,收到汪涵信息:"古观穷,号称国家级书画大师,跟范曾同一级别,知道否?"

答:"范是啥级别?"

回:噢,估计是个江湖骗子。

范郭官司

大乐来信,范曾、郭庆祥"流水线作画"官司搞到了第二季,好戏不断,有的看了。但又一想,我们是不是很傻呀?一个画画的和一个卖画的,一个是"饭"(范),一个是"锅"(郭),"饭"离了"锅",何存矣?"锅"离了"饭",岂不成空"锅"。他们本就是穿一条裤子的,那我们"围观"个什么劲呀!

陪孔子吃饭

某年,韩美林在大会堂召开新书《天书》发布会,文化官员、作家、影视名伶云集。韩一如既往动情动容,声泪俱下。"我们这么好的文化传统,我们为什么不去继承?"又作义愤填膺状批评于丹,"一个讲《论语》的竟然说她喜欢周杰伦,哪跟哪呀!你不能请孔子吃饭,叫个范冰冰来陪吧!"直引得美女主播周涛忍俊不禁,伏在敬一丹肩头发喷。余邻座一女记者窃语:孔子说不定就喜欢范冰冰来陪呢!

鸟巢

有关部门举办奥运画展,征石公画。石欲画鸟巢,苦于道路封锁,不得前往"深入生活"。乃托人买来一鱼篓,用脚轻踩压成扁状,置于案头,毕肖鸟巢,对之摹写,交了差事。观之者皆以为气势磅礴。

新书

友人称,欲创作一部新书,一文一画,书名《三十六行,行行出混蛋》。

《长恨歌》

我一中学老师,擅画颇有名。某日偶见报上介绍某老画师,称其"国画大师"云云,叹道:此人曾与我同在省美术创作组,深入山乡,讴歌农村新貌,因不擅写实,颇遭冷落,我悄悄为其改画交差,渠欲赠我画,婉谢不受,实没当一回事。未料今日已成大师。唏嘘不已。友人据此作小小说,题为《长恨歌》,记忆犹新。

古琴

某次乐人雅集,中央音乐学院古琴家张女士怀抱宋琴,道:二胡是要饭的;琵琶是卖唱的;古筝是青楼女子的;只有古琴才是高雅的。言罢,见在座演奏家们面露愠色,立马道:对不起,我不是故意的。众人不理,她又自言自语道:你看我这把宋琴,多好。我这怀里抱的可是一辆宝马啊!

无声

京师某琴会上,一古琴家上台表演,先作开场白道:有人说古琴是道,道可道,非常道。道不可说,为什么非要说呢?古琴是弹的,不是要说的。又说:此时无声胜有声,无声就是无声,怎么可能胜有声呢?台下忽有听众起立道:"此时,您最好闭口,那便是无声胜有声了。"一片哗然。

画家村

通州宋庄是当代艺术家集聚地,"宋庄画家村"一时播名宇内。当地村民,耳濡目染,也悄悄买回材料,开始画画,凡方某岳某大光头应有尽有,以此为副业。有买画者光顾,询之画价,称:画框画布价加百分之十五可也。

位子

武老居江苏省书协主席之位至八十多岁,仍无退位之意。"尉副官"眼巴巴地等待,心急火燎。乃托主管领导前去劝武退位。武说:我不退,我还能骑自行车啊!又过几年,武自行车也骑不动了,位仍不退。省委某退位老领导前往劝说:武老您不是山东人嘛——省里刚成立风筝协会,您就任风筝协会主席吧!武一听反正还叫主席,便勉强同意卸去书协的位子。

失语

某日访石虎新居,谈及当时文学语言之忧患,石虎以为文学作品语言的"口语化"(电视化)已使文学毁其大半,文学语言自"五四"以来每况愈下,既失传统文本之审美又不及西方,毫无个性,俗而不通,语无伦次。有西方批评家论及北岛诗歌,竟有"这是哪里来的自行车?"之诮。可见我们的写作文本多么的落后而苍白。

又举一例:前些日回老家,一孙子辈儿童与小朋友玩牌,及大赢,感慨道:啊!终于抚慰我受伤的心灵。一派电视话语,已毫无乡土本色。

防溪案:语言之现代化,当不能一概以进步视之。反思"五四",是当代文化人不可回避之痛。从语言的战争化、革命化、到网络化,语言本真渐去。

真伪

友人购藏某名家画,画家某弟子以为赝品,友人颇不信服,乃同往画家处求证,适又俩弟子在,未及画家开言,二人即称其伪作无疑,又一一指其笔墨浮薄之弊。友人仍与之争辩,此际,老画家一旁不语已久,微微一笑:"确实没画好。"后友人语我,幸亏及早求证,倘若画家不在世,此画就活活被其门人毙死。

画马

卢冀野《柴室小品》有《画马》一则,谈及当时画马名家举刘海粟、徐悲鸿。又记岭南梁君,称其曾养一马,将其宰杀,取骨骼缀起,挂在画室门前,随时观赏临摹。卢笑对朋友说:"所幸他画的马,若是画人,是不是也弄个人来杀呢"?复以为,画马最难是神,并世几位画马,我还不曾看见有一幅画的是马呢?此言当为今日拍徐氏之马屁者深思也。

钱与感情

景夫来买画,说:谈钱伤感情,谈感情伤钱。

许宏泉画马

伪作也要负责

有人来告某画师,有弟子在做他的假画。老画师说:做不要紧,只要做得好。烦您给他传个话,方便时拿来让我看看,帮忙改改,既然是画我的画,落我的名,伪作我也要负责。

二茬苦

吴冠南说:让吴山明、刘国辉他们画"重大题材",实在是"再吃二遍苦,再受二茬罪"啊!何况已不复当年画"文革"宣传画时的体力、精心、功力,尤其是造型、写实功夫也不济,真是自讨苦吃。

画和尚

某画僧,法号虚妙,好画。闻其倾资数十万,于人美出版大画集数千册。友人称:僧是外衣,画为皮毛,所谓画和尚也。

画奴

友人来访,说:今之画家,多受权势、金钱、女人三座大山之压迫。

遭遇

某日,周边来访留云庐,道出今日不快之遭遇:

有两江西口音的年轻人出示名片,称是《美术》杂志编辑,主编让他们来约稿,说要推出当代几位最有实力的山水画家,这期要给我做一个专题。便将反转片和相关资料给了他。一月后,二人携来《美术》三本,里面共发表十个页码,外加封底。二人见我看了很满意,说:我们主编说,上次同您商定的两张山水画,希望这次能带回,年底了,美协领导要送人。我一想,人家《美术》杂志,能给你做十个版,便立马拿出两张出版过的四尺整张山水精品,给了他们。我问他们为什么不多带几本杂志来。二人同声说:我们一般只送两本样刊,还多给了您一本呢。

这两天,我仔细看看这三本杂志,觉得我的那十页,印得不好,反反复复地看,杂志也有问题,封面封底同那十页像是加上去的,动过手脚的。想到这,便照着名片上的手机号打过去,停机了。回头一想,那两个人装得真天衣无缝,脸不变色心不跳。孰料完全是一场骗局。再到报亭买来这期杂志,果然没有我。

美协

韩寒说:如果让我做作协主席,我一分钟就宣布解散作协。

王三说:如果让我做美协主席,我将天下所有会拿笔画画的都收进来。

不喜欢

黄永厚电话:约参与《百年画家书法》,字已写。先讲一故事:胡绳曾说,我死后,不要把我放八宝山,那里有我不喜欢的人,也有不喜欢我的人。哈哈。"约稿函"中所列名单,有我不喜欢的人,也有不喜欢我的人。不过,这是编者的意思,我还是不必干预。

黄永玉墨迹

黄永玉书法

黄永厚寄来黄永玉书法照片,称丈二大幅,写的是:"世界长大了,我他妈也老了。"

西山逸士

西山逸士溥儒一度逍遥香山,肥遁林泉,画的生意却极兴隆。吾师石谷风先生说:溥先生使人捉刀已非隐私,其中有几位女弟子分别写山水、人物,画成,溥题款。某日,我与先生在客厅喝茶,琉璃厂某画店的老板来访,喏喏道:"溥先生,您的画得抓点紧啊!客家催了又催,我实在拖了又拖,拖不下去,这不才过来叨扰您老人家。"

溥先生笑道:喝茶。活儿在里屋做着呢!

买画

梁章钜《浪迹丛谈》卷九有"杨二山鉴赏"条记孙月峰"书画跋",跋云:

杨二山太宰雅好书画,每向飞凫人曰:"有假者持来我买,真迹重价我买不起。"此是本色人语,然往往亦得佳者。

此所谓欲擒故纵者也。

自卑

甲:大款在文化人面前是很自卑的。
乙:但在金钱面前文化是很自卑的。

贵族艺术

陈逸飞尝以"贵族艺术"标榜,称艺术需贵族化,看画展的人需着西装。

石虎言:贵族化也可以,但未必着西装,中装就不贵族啦!

有求必应

尝见某古刹大殿悬"有求必应"匾额。同行某道:倘若真的有求必应,我相信人都会变成魔鬼。

卖字

某人去李泽家买字,六尺整纸二十万。李奋笔作书,诗刚抄完,纸已到头,便裁一小条接着写年月、落款。夫人说,多了二尺,需加钱。买家不愿。相持半天,最后的结论是,李将字扯去,重写一幅。和谐之。

问答

宋庄遇旧画友,说:你还是那么传统啊!我当代了,彻底的当代了。

余答:我不传统了!

友人诧异:你也当代了?

余答:你说我不是当代,难道我是古代? 是未来?!

遂园之论

偶读张之淦《遂园琐录》,有涉及画人处,颇有见解,因录之：

> 故宫博物院送溥心畲、张大千诗文到，甚感。因两氏重名，遂逐章阅之。张大千诗，实不成气候，无可说。溥心畲诗，俱古衣冠，无时代感；功夫深，情致阙，盖各种压力使之如此，或者亦隐有郑所南画兰之意欤？可慨也已。溥词兼有佳句，病在太隔，大千词则野孤禅耳。

研墨

心畲先生游日，日女为研墨，于砚中直来直往不作盘旋，溥怪问之，云：此是中国研墨古法，溥大惭。（见《遂园琐录》之《笔墨杂谈》）

溥西山尚不知古法，可见此古法失之久矣！

旧闻长辈谈及研墨，磨墨如老牛拉车，如病夫，所谓"磨墨静功夫"，妙在"静"字。静则沉着，用力在匀而不在鲁，欲速则不达也。

胡子

有美女笑称柯文辉先生胡子很美,柯笑道:这是一个不错的商标,可以拍卖自己的愚蠢。

王雪涛

东方芥子说:王雪涛早年学王梦白学华新罗很有灵气。晚年,画牡丹渐入俗套,理论家却都鼓掌,说画得好,工农兵都喜爱。终于使一个天才变成凡人。

自信

东方芥子在唐云艺术馆回忆唐云作画情景,唐挥毫既成,住笔道:"今天老唐好得一塌糊涂!"自信如此。

又刘海粟曾在黄山作画,围者甚众,海老忽放下手中画笔,指着画道:"国宝,国宝!"京师黄先生云:"刘吹一辈子牛皮画一辈子画"。

牌坊

老弘说,国家画院以旧木牌坊做门面,看上去很有古意,只是那"恩荣"二字,要是换上"和谐"就与时俱进了。

陈巨来亦狂人

柯文辉说,陈(巨来)先生其实也是一个不好打交道的人,常常会发脾气,莫名其妙。有一年,他在画院做展览,让我叫两个记者来,我请了一位某报的记者,见到陈先生,介绍道,这是某某报的记者。又对记者说,这是陈巨来先生。陈莫名正色道,谁不知道我陈巨来,侬就弗要介绍了。

昉溪案:陈在《安持人物琐忆》中,有"十大狂人"之谓,陈或谓十一狂也。

百鱼图

有客索某画家画《百鱼图》。画家画大小两条,题曰

《鱼水之欢》,掷笔道:好了。

客不悦,道:我想请您画《百鱼图》啊!

画家道:此二鱼一公一母,剩下九十八条就由它俩完成啦。

客无语。彼此哈哈一乐!

说关良

某年,柯文辉在杭州观看关良画展时说:关良是那个时代的缝隙中长出来的,正儿八经的大地是长不出来的。

柯又说:学习有三种态度,一是站着学,一是跪着学,一是把它吃掉变成自己的营养。关良学过西方油画,但你在他的作品中看不到。就像黄宾虹研究过印象派,他的作品中有,但我们也看不到。

有人问柯文辉,关良、马得后,画戏还会有后继者吗?柯答:我想画戏如同一个不会蓬勃发展但却不会消亡的少数民族。高马得可能会再有,但关良不会再有了。因为他是从一个特殊时代走过的一条小路,后来一场暴风雨把它淹没了。中国的戏也不会很快消亡,但也不会再兴盛。

现在都在吹捧哪个导演和演员,却没有人想到培养

关良作《鲁智深倒拔杨柳》

一个观众比培养一个演员更艰难。这就是京剧的宿命。京剧生存的土壤已经不存在了,靠几个大老板是养不出气候的。有人说宋元是中国绘画的最高峰,就像一个人最成熟期,他的生命体能也将开始衰败了。

周刚(中国美院水彩画家)说:关良人物的身体结构,没有一处是对的,也没有一处是不对的。

以耳代目

陈家泠见《边缘·艺术》复刊号,封面作耳型装饰,说:绘画是视觉艺术,应当弄一只眼睛,怎么搞了一只耳朵呢?

许白:今人多以耳代目,故耳亦目,目亦耳。

盲趣

画人岁晚目衰,偶使画笔,却不乏奇趣,所闻逸事数则,因记之。

柯文辉说,关良晚年偶画《贵妃醉酒》,将成,待点睛,住笔道:"贵妃眼睛在哪儿?"柯抓住良公二拇指,往画中

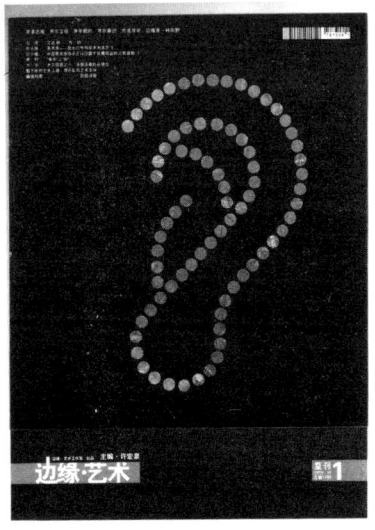

《边缘·艺术》以耳代目封面

人眼中一按。关说:"知道了!"提笔一点,贵妃顿然活了!

曾听溉上书法家方绍武说,百岁画师萧龙士画兰,撇兰叶,往往戛然中断,又补将一笔,接头处虽不合却有笔断意畅之趣。

曾见白下高马得晚年画戏,勾点人物眉目,面贴画纸,几"人画合一"。

某年,武林参观黄宾虹画展,见其晚年山水一帧,扁舟一叶,与杂树重叠,却十分自然,又谓之"中国印象派"。笔墨苍拙沉厚,笔笔着纸,非刻意变形"抽象"者可以梦见。

罗卡子

友人偶忆白下罗卡子,称其书画印三绝,一时无人可比,却淹灭不称。陈大羽画从其而来,则不过半成,然今人多知陈而不知罗也。颇有"不平则鸣"之慨!

柯髯道:播种者与收成者可能并非一人,世事哪能都公平呢?!

建筑

二十世纪我们几乎没有一个有个性的建筑,没有一条有个性的大街,中国不是没有懂建筑的人,是拍板的人不懂。

"五四"后,第一重灾区是建筑,彻底消灭民族性。第二是雕塑。当年他们满怀政治热情,穷孩子去巴黎混一个文凭,回国后试图以西方的科学思维替代中国的诗性思维。

穿越

Q短信:同样是穿越剧,美国都是往前穿,中国都是往后穿。一个想不出历史,一个想不出未来。

邵燕祥

邵燕祥说:我,尽可能面向文学,背向文坛。

谈到书法,邵说,有人问吴小如,您老也是书协什么的吧?吴说:字写得好的,不入那个!

诗人邵燕祥
（周栗人物　许宏泉补景　邵燕祥题诗）

入会

可翁对我说,应该鼓励年轻人参加美协书协,画卖得好,孝敬父母、体贴老婆、照顾子女,身边人也看得起。

谁敢买

《南方周末》文:有人问范曾,为什么画价这么贵?他半开玩笑地答道:"内靠贪官,外靠土匪"。据说前时被执行死刑的原杭州市副市长许迈永以及其他几位被拿下的贪官家中都抄出范曾等人的字画。

昉溪案:范先生终于说了句实在话!

手写

韩羽说:现在交出版社都是电子版的文稿。我和电脑绝缘,写字与思维有联系,有些文字是在手写时流出笔端的,而打字没这种感觉。

《开卷》主编董宁文说,寄给朋友的信封都要手写,手

韩羽作《白娘子》

写才有感情,有温度。

乔乔说:以后还有作家的手稿吗?

猫

韩羽家墙上挂着一张张正宇画的肥硕可人的黑猫,客私语,"这猫有点儿像韩老"。韩老说,某年与张仃访张正宇,见到他画的几只猫,张拎起一张说,韩羽,你看这只猫像你吧,送给你吧!这猫从此一直挂在韩家客厅,客人看看画,又看看韩老,笑了。

假画

韩羽说,别人拿来的我的画,让我给看真假,我都拒绝。曾经发生过,我看后告诉藏家是假画,他还拿出去卖了。我明白了,他在外面说,韩老看过了,后面那句话他不说了。

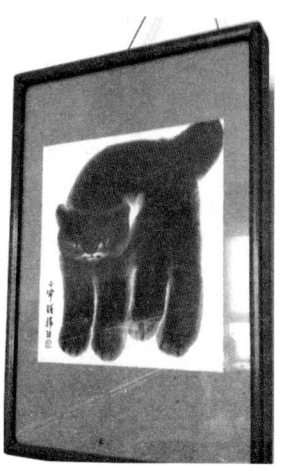

张正宇作《猫》

招安是一种心态

拭公说:陈丹青在研究院"语重心长"地说,希望当代艺术家不要被招安。颇有老大哥状。未久,我在研究院张某处见其为王院长画的肖像。我想,张晓刚不会去画这样的画吧? 招不招安,是一种心态。

鉴定家

某鉴定家称,我从来没在一幅假画上题过字。

昉溪案:你敢说从未在一幅自认为假的画上题过字,已很不易。古往今来,谁敢断言从未走过眼?!

竞选主席

闻某省书协举行改选主席大会,老主席绝无退位之意,竞选者男女二人,相持不让,更有各自死党对峙,从舌战而致拳脚搏斗。会场一片混乱,遂有人报警,少顷,一一〇至。有人谓此斯文扫地。当事人某却称:人家台湾竞选总统不也打架吗?

止庵

止庵说,现在很多人句子都写不通。比如常见的一句话:"不尽如人意"被说成"不尽人意",都在这么说,根本不通,哪怕你说"不如人意"也通了。

蓬叔

蓬叔为职业画师数十年,素以鬻画为生。某日枉顾寒庐,请其开笔,笑曰:可否放上一沓钞票,看着画来劲,画好,画与钞票都归你。

偶读李诩《戒庵老人漫笔》(卷一)有云:

> 嘉定沈练塘龄,闲论文士无不重财者。常熟桑思玄,曾有人求文,托以亲昵,无润笔。思玄谓曰:"平生未尝白作文字,是败兴,你可暂将银一锭四五两置吾前,发兴后待作完,仍还汝可也。"

思蓬叔戏言,亦流传有序也。

可怜人

某日,北大世纪大讲堂有"笔墨讨论会"。曾侯丙说:"今日书画家是可怜人,煤老板拿几个钱,叫你写什么就写什么,画什么就画什么。"老宏说:"煤老板才是可怜人,自己没文化,却又要附庸风雅,真金白银,买回去一捆捆废纸。全上了你们主席、院长们的套。"

道高一尺

海上老画师"唐白虎",门庭热闹,来访者络绎不绝。某画商偶见此情景,灵机一动,便在楼下守候,见有访客从楼上下来,上前搭话:有唐老画否?客人取出画来,两人谈妥价钱,现场成交。日久,守株客竟有两三人,觉得在楼道守候不妥,发现楼对面有个小烟店,正可注视着对面。小店老板知此情形,便置小凳子几只,每凳一天索价十元。

某日,有二江西卖毛笔人,得知此情报,装作给画家送毛笔,噔噔上了楼,并不进屋,只坐在楼道上抽起烟来。

此时，对面小店的几位画贩子，正全神贯注地注视着前方，一边讨论着这次轮到谁去收。

约莫四五十分钟，两江西人"喜笑颜开"地下了楼。这边，画贩子悄悄上前，问："拿到画没？"江西人作神秘状，从包里拿出一张荷花中堂，一边嘀咕：代表作，代表作。匆匆又将画折好放入大信封。转身欲走。画贩子紧跟上，"价好说"。于是，你来我往谈妥价格，成交。待画贩子回去细看，竟是西贝，原来是"卖毛笔人"设的套子。大呼上当。真是道高一尺，魔高一丈。

春联

书协搞活动，组织一帮书法家下乡写春联。一位中年妇女要某书家在对联上落个款。书家说：送春联，不落款。中年妇女说：落吧，你落个名字，我舍不得贴，过些年拿去"鉴宝"呢！

画价

关于画值，他们如是说：

吴冠中：现在的国情，我的画卖这么高，不正常。

吴山明：其实我不想叫这么高，可我的学生们都那么高了，我也得跟进啊，否则没面子。

崔如琢：我现在七万，明年十二万，现在还给前人一点面子。很快五十万，那时，我根本不会在乎傅抱石、徐悲鸿了，肯定要超过他们。

何家英：现在，写意已五十万一尺了。还要涨，你遇见尽管收。

南张北溥

朱省斋《艺苑谈往》，里面有一段朱和溥儒的谈话。朱问溥："南张北溥"这句话是谁提出来的呢？溥面露不悦之色，叹道：这还不是大千搞出来的吗？

昉溪案：以当时溥的身份地位固不会将张放在眼里的。大千提出"南张北溥"之说，陡然缩短彼此距离，身价自高百倍。可谓炒作之鼻祖也。

赵云壑·黄宾虹

浮碧词人说,我们嘉善西塘有位小藏家叫严西凤,尝同我说:某年,去苏州求赵子云画册叶,赵画了一开花卉一开山水。住笔道:后面打算请谁画啊?严说:想请黄宾虹画一开山水。赵子云一本正经道:我这才叫山水,必传无疑。有些人画的是什么?黑乎乎的,欺世盗名拆拉污。年轻人,要擦亮眼睛啊!

昉溪案:此可见当年同辈画人对黄宾虹之识见。光阴荏苒,孰是孰非,历史已给出公正的答案了。

王个簃

湖州友人称,一九八〇年代,手头上有点小钱,便去上海求点名家字画,一则喜欢,二则可以周转。某日,敲开王个簃先生的门,请他画了一幅花卉,付了二百块钱。王先生问我:小兄弟,是不是常来上海啊?还要到谁家去啊?答曰谁谁谁家。王道:要画就来找我好了。画,山水花鸟人物佛像;书法,行草篆隶,我都会的。

铭心绝品

香舟说,我有一枚收藏印,曰"铭心绝品",回忆三十年来过眼书画何止百千,铭心难忘者有两件,一是江声(艮廷)的篆书五言小联,在上海福州路古籍书店橱窗前所见,徘徊久久,不忍离去。又徐康(子晋)一幅博古小琴条,一拳石,一盆菖蒲,雅韵欲流。在吴门文物商店,标价六十元。一九八〇年光景,我一个穷学生哪有这么多钱啊!这么多年,再也没见到过这两件作品了。

黄宾虹

一九五四年秋,刘慎旃与吴藕汀去栖霞岭拜访黄宾虹先生。谈话间,说起西湖边正在办菊花展,品种之多,千姿百态。黄先生起身转到后园,手一指:菊花展?有我这菊花好吗?石壁上,数茎黄花,点缀杂草间,风姿绰约,野逸萧散。回忆当时情景,藕公说:俨然宾翁画也。

黄宾虹作《菊花》

真假

很多年前亚明先生对我说:现在除了他娘是真的,没一样靠得住。又过了些时,亚公说:听说现在技术高了,他娘也不一定真了。

啃老

DL说,现在流行啃老,其实人家范大师几十年前就懂得啃老——祖宗,声称范仲淹H代孙了。

犹忆亚明先生曾经说过的一个段子:江苏画家诸葛某某举办画展,大红幅上赫然写着:诸葛亮H代后人诸葛某某画展隆重开幕!范画家愤愤道:亚公,你看,什么诸葛亮后人,拉虎皮做大旗,画的什么东西!亚明一笑:你不也称范仲淹后人吗?人家也可以说说嘛!

方土忆朱振庚

某日,方土来访,忆及朱振庚,称其率真有狂狷之豪。

说某年研讨会上,某画家发言:画这样的画,没有一点传统笔墨,要放在古代,肯定不要看的。朱夺过话筒,正色道:我们就是画古人不要看的画,我们的画是给未来人看的!

鉴定

老弘谈鉴定的经历:起初相信很多假的都是真的,后来怀疑很多真的都是有问题的。

责任

老S说,拍卖行不负责拍品的真假,就等于公然可以欺骗,他们无疑给作伪者提供出卖赝品的平台。你可以自解:买家需对拍品的真伪负责。但事实上,很多初涉拍场的买家都相信拍卖公司(尤其是那几个著名的公司)怎么可能卖赝品呢!你们可以说吸烟有害健康,但仍然有人在吸,那么,你为什么不公然在图录上注明:本场有赝品,请买家注意选择!

朱振庚手稿

少年喇嘛

一少年喇嘛,称曾是广州美院学生,后在五台山剃度,今转终南山修行——静修打坐了两三年,忽思作画,问道师傅,师道:"你就想着明天将死,必须死,临死了,你将画一幅什么样的画。"于是,小喇嘛说:"我一连画了几幅。烦躁不安。什么修行,面对死亡,还是无助,一种无名恐惧油然来袭。后来,一想,反正要死,何不安静地画一幅呢。画了,努力使自己平静些。提笔作画,一看,竟像我儿时的涂鸦,很天真的那种。"我问他,你想告诉我们什么呢?他笑了笑,各自无语。

通不通

某书家笔会上挥毫写李白诗:朝辞白帝彩云间,千里江陵一日还……"里"写作"裏"。吾师麻梓与其耳语:"里写错了。"书家住笔道:"不错!古写法,通的!"麻师道:"这头通,那头不通啊!"

白云留住

余于"西泠"偶得屠倬(琴坞)治"白云留住"印,浮碧词人笑道:白云,你留得住吗?余答:留白云小住片刻如何?

张大千说造假

张大千曾对吴藕汀说:造假当假卖是懦夫,造假当真卖才是英雄。

郑质庵遗孀

沪上天瓢阁主郑质庵殁后,其夫人有癔疾。友人尝去他的家中商购质庵遗藏。夫人称:卖可以,但必须撕了后才卖给你。乃将名家书翰一一撕碎。友人视之痛心,亦莫奈何?归来悉心拼凑,请裱画师修复,皆一时名流所作。

屠倬治印　白云留住（留云草堂藏品）

亚明遗札

亚明临终前,榻上力书一纸,曰:中国画没画出一点名堂是最大的遗憾!

早恋

央视财经频道《一锤定音》,拍卖黄胄小画《相依》,竹下两只小鸡依偎在一起。电视上的人说,画家表现了爱情。一位小朋友说,鸡也早恋啊!

不敢着笔

陈传席教授尝言:每读古人画,遂不敢轻易著笔。

客云:陈乃"史家",负担太重。

偶读《清代名人轶事》,云:纪文达平生未尝著书,间为人作序、记、碑、表之属,亦随即弃掷,未尝存稿。或以为言,公曰:"吾自校理秘书,纵观古今著述,知作者固已大备,后之人竭其心思才力,要不出古人之范围。其自谓过之者,皆不如量之甚者也"。

今人偶弄笔墨,则妄论创新,更欲改造画史,读此能不汗颜。

然吾友六峰樵者有云:作画,一为性情,兼换酒资。不失为自在之想耳。

擦皮鞋

画家吴白雪说起他某日参加一场笔会故事:我最后入场,见会场已如同战场,众名家挥毫正酣。见他们持笔横扫,无一笔中锋。我故意问身边工作人员:他们在干吗?小姑娘诧异道:吴先生,他们在画画啊!"哦?你说错了,我看他们在擦皮鞋!"我说的声音很大,许多人停下手上的活,打量着我这个不速之客。我径自朝画案走去,拣起一支长锋羊毫,饱蘸浓墨,横出一竿修篁,住笔道:这才叫画画!

尽信书不如无书

一、一九八〇年代,犹记一篇小文,说外国友人考察广东某"先富起来"的一个乡镇,在一个"新贵"的豪宅里,感叹竟没见到一个书橱。

二、最近,中国海洋大学教授林少华,在浙江工商大学演讲时说,"若我当杭州市长,首道命令即将所有洗脚馆改成图书馆"。

三、曾持《王朝闻集》请朝闻先生题字,先生题:尽信书不如无书。

诗

诗在目前是一条沉船,早离开它早得救。(穆旦一九七五年致友人信)

在偏见的时代,天才总是不幸的。

一种花

壬辰二月,岭南陈永锵在中国美术馆举办"木棉"主题个展。有谓:这个人胆子真大,就一种花,敢弄个展览!友答曰:一花一世界。

人体艺术

洛阳博物馆王馆长说,某年博物馆引进一个"人体艺术展览"。布置好第一天,某领导先来参观,提醒我:申报没有?我立马吩咐副馆长做了份报告去找主管部门。分管的人看了报告,说这个东西我们没见过,不好决定,你直接找部长吧!

部长看了报告和相关图片,正色道:这东西怎么可能做展览呢?申报人说:这在北京、武汉都已展览过的,再到我们这来展。部长拍案道:北京,北京是吃肉的;我们是洛阳,吃红薯的,知道吗?!

展览被撤了。

视野

老弘说:儿时在乡下,漫山遍野地跑,杂树野花,四季更替,总想着到更远的城里去看看。年岁大了,在阳台也种些花花草草,自得其乐,却又懒得去外面了。

假画

老弘在孟津王铎的老家,见到两张伪作自己的假画,笑道:终于到了有人假我的画的时候了。

拍场上……

二〇一二,难道真是个让人捉摸不透的年头?北京的艺术品"春拍"陆续开场,潮起潮落,变数莫测。玩的就是心跳。友人夜访,话题从这几场拍卖开始……

学人书法

客:今日(五月十三日)"嘉德"拍场文人翰墨备受青睐,天价迭暴,一叶朱自清诗叶一百四十万落槌,叶圣陶八十五万,巴金一百零五万,冰心五十万,钱锺书七十万,茅盾诗叶皆七十万上下。这不正是文化崛起之象啊!

主:这些收藏者多为读新文学成长起来的一代,对他们来说,"旧学"或谓"国学"总不如"新学"亲切,故乾嘉学人、清季遗老中诸诗家翰墨则不及新文学家作家之几十分之一。论书法,以上诸家不过尚会拿毛笔而已。这也叫文化崛起吗?

不可以比

客:听说王明明的一副对联拍出了五十七万。

主:比于右任还高。

客:我奇怪的不是五十七万,而是这位先生怎么敢把这样的字当书法去卖!

《种菜诗》的遭际

客:"匡时"的《种菜诗》拍了三千二百二十万,太低了!

主:三千万还太低了?

客:三千万高吗?吕留良、吴之振、黄宗羲、王渔洋、尤侗、田雯、梁清标、查士标、徐乾学等六十位清初名儒学人呵?同场的一幅王铎书法《临徐峤之帖》就拍了三千四百五十万,可见文化依然不是书法的"含金量"。

主:王铎名气大,老板孔方多。可怜种菜老,世事奈若何?

客:近日媒体传出,文物专家称春拍有"五大漏",《种菜诗》为其一,无论从史料、学术价值还是书法艺术来看,此件拍品当超亿万。但愿这位新藏家会善待"种菜老人"呵!

王铎好卖

客:拍场哪来这么多王铎啊?

主:你没发现,什么好卖就多起来。

客:拍卖公司大打"日本回流"的牌子,可大多太假了,一看就假,但确实是旧货,也确实像从日本回来的。

主:想当年,日本人大捧王铎,中国人就大造王铎卖给日本人,今天,某些书坛人物跟着日本人起哄,把王铎捧成书圣,于是这些"假王"又流了回来。这就叫报应。

拍不高

客:"匡时"大张旗鼓宣传"过云楼藏书",惜拍场并没有"高潮",仅比起价多了几口成交。

主:他们"牌子"太贵,只有几个人在举。人多,一争,才能有劲。拍场就需要冲动。

客:拍卖公司被"买家不守信用"吓怕了。从圆明园兽头,到齐白石送给老蒋的祝寿巨联、老鹰图,中国的买家太无常了。

主:对拍卖公司来说,需要的是底气,怕,毕竟不是智举!

客:信誉是彼此的,拍卖公司什么时候开始一心为买家(藏家)利益考虑,力求保证拍品的质量,不搞假拍,不拍假画(明知是假而上拍),我想,客户难道还会"操蛋"吗?

不买《石渠宝笈》的账

客:"春拍"上五件《石渠宝笈》,除蒋廷锡外,余皆一一流拍了。

主:藏家识见愈来愈清晰,他们不会只买皇家的账,也不会跟着那几位暴发户的买家识见走下去!

客:大内书画,本来鱼龙混杂。况且皇帝的审美眼光并非就"咋的",一会"媚雅",大捧《石渠宝笈》,无疑是审美倒退。

主:回首画史,艺术不在宫廷,而在民间。

李可染又拍天价

客:听说李可染《韶山》又拍天价,一个多亿。厉害!毕竟李家山。

主:李可染是好,但这张《韶山》太不艺术了,不过是一张蹩脚的宣传画。

斯文

有称:沈鹏、张海代表中国书法最高水平。老S说:沈、张代表中国书法的最高职位。他们没有进入"斯文"。

中西

石虎说:西方,我们不要排斥,只是你学了西方,不要说中国祖宗的东西不好!

老鹰

李苦禅说:苏联专家要看我画画,我怎么能让他看得懂呢?我先画个屁股,他们不知道是啥,最后变成一只老鹰。

贼见愁斋

造访霍春阳天津美院画室,室内柜架纵横,满堆什

霍春阳书"贼见愁斋"

物,瓷瓶、木雕、奇石、书刊、礼盒、饮料、旧纸,俨然一个古玩仓库。客人穿走其间,如入迷宫。画案上更是杂物铺陈,几无隙地。我问霍老,如何作画？答：画多大画,就腾出多大的地方。又说：曾有学生说,您这地方啊,贼来了也犯愁,不知道该拿走啥？不如就叫"贼见愁斋"吧！

书法是这样做成的

某年,泸州吴丈蜀先生对我说,津沽王学仲尝为《书法报》作隶书联,视之,笔画多有添涂描摹痕迹。如不见原作,岂知书法是这样做成的。

一九九六年,我往广州造访赖少其先生,请先生书"黄山联",曰："黄山云似海；天姥日为丸。"先生"卧笔"作"漆书体"。既成,让我挂在板壁之上,端详许久,示取下,添了几笔。又让我挂上,再取之,描了又描,添了再添。我思忖写字亦有"积墨法"乎？

越数年,又见黄苗子先生作榜书匾额,先以墨线画好字形,再以阔笔书写。瘦处,复加墨补之；肥处,以白粉涂去。亦反复描摹而成。堪称"画字"。

忆儿时临帖,老师告之,须笔笔饱满,切忌描画。然如诸名家作书,亦事描摹,真是不解啊。窃想,必是初习书时未听先生之告诫呵!

黎雄才研墨

岭南黎雄才称其研墨用茅台酒。不知有何讲究?谅非炫阔。

毛笔

乔仙说,来北京进修让我开了一点眼界,原来毛笔是要修剪的,一根新的石獾,老师示范削成大肚细尖的,说储水富出水慢,尖毫多生趣。昔在江南,闻所未闻也。

画上天

梦之说:我的画上天了,我画了一张《和平颂》,和其他画家作品一起,将要搭乘飞船上天了。

昉溪案:画是否真的搭"九号"上天,尚不明确。这算哪门子科学实验呢?难道就是"实验艺术"吗?据说,某画家大作亦上了天,待落地后,将隆重展出,友人说,到时不妨去看看画有什么变异没有。

如意馆

王鲁湘说:国家画院将有大动作,打造当代"院体",据当年如意馆画师有三百人之多,也要照此规模去扩展。

宾老继续冷落

吴香洲说某日在天津美术馆看馆藏展,遇见这么一幕:

一老师带十数学生观展,老师一一作解,先在于非闇画前大赞,旁边是黄宾虹,再过去是齐白石。老师跳过黄宾虹,径至齐画前,继续开赞。

昉溪案:别看拍场上、书刊里,黄也算时髦了,不少年轻画山水的,十有八九都已有黑漆漆的黄家样。其实,那只是"皮黄"。

收藏

吴树说:我们的艺术品市场只有上家和下家,没有藏家。

昉溪案:拍卖会上,常常看到,某件艺术品"春拍"在北方亮相,"秋拍"又在南方露脸,行里称之"熟货"。难怪艺术品买卖叫"炒画",炒来炒去,和炒股票一样。

上课

陶院学生某说:院长给我们上课,抱着一只瓶子往讲台上一放,是他的作品,说:这件作品价值六十万,你们要朝这个方向努力。副院长也抱着自己的瓶子,说:这件作品三十万。

国企生

厦大李文绚说:现在这些"国企"研究生,你不知道如何去教他们。他们也许并不爱艺术,完全是考英语考进来的。

方向的转变

珠山偶遇岭南方向,他说这是第三次来画瓷。又称:我的画从重彩转向水墨即缘于十二年前许宏泉约我来景德镇画青花瓷,由青花而产生对水墨意趣的向往。

风月无边

泰山有摩崖石刻"虫二"两字,虽有隽味,然与东岳之雄峻颇不谐。文人之小情小调,岂可承泰岱之重也。

老师

北师大两学生来访,说老师让他们临他的画,可他们并不喜欢老师的画。幼鹤说:让学生临自己画的绝不是好老师。我跟师傅学唱梅派,师傅是梅派第四代传人,他从不让我学他的唱,而是告诉我如何去唱梅派。我想学画也应该这样,好的老师应该告诉学生作画方法,如何去鉴赏古人,学习经典,而不是模仿老师,将老师的画当作范本。

客道:学好老师的画,也不失为一个好的办法,将来即使做不成大画家,也可以做做老师的假画,生计不愁哈!

好夫人

黄土画家L以好色艳称,其夫人尝对学生说:你老师就这点爱好,让他开心点,党和国家培养出先生这样的画家很不容易。让他为党和人民多创作点好作品吧!

画家Z亦好冶游,友人尝对其夫人说:听说Z很喜欢找女学生哦。夫人一笑。Z对夫人道:嫁给艺术家,就要有这样的襟怀,我是艺术家,画不出好画,她可以骂我。找女人,不也是为了画出好画,找激情找灵感嘛!

或曰:今人常以不善治生而标榜梵高,或以沉湎女色而谓步老毕(加索)后尘。梵、毕地下有知,未卜作如何想耳?!

画贵平

揖香说:画贵平,平而厚,淡而逸。或如京戏李多奎、余叔岩、裘盛戎皆平中有深味,画中之"内美"也。今之赵葆秀、于魁智、孟广禄以"花腔"为能事,已失平之深味也。

时代

偶观电视专题《笔墨千秋》有说,北洋时期是中国最黑暗的日子。

昉溪案:也是中国文化最有生命活力和充满希望的自由时代。

艺术馆

大乐说:何(水法)大师电话中说,我的艺术馆是活人艺术馆规模最大的。

李与何

有客问李孝萱:听说你同何家英有点不和谐。李正色道:纯属谣传。何老是当代人物画大腕,我们天津的水太浅,对他认识得很不够。我衷心希望他可以当中国美协主席,引领当代绘画正确地回到主旋律。

悲喜交加

某友痴迷关良画,"嘉德"拍场见一"风景"(图录注明:家属提供),笔古境奇,堪称佳构。友人欲以六十万落槌价拿下。及至开拍,止十一万叫了一口即无人举牌。友人得画,却称悲喜交加,喜其省下五十万,悲其关良艺术竟无多知音,不及时人十分之一。

树殇

画家竹溪女史称:几年前去江南某地写生,老村口有古樟数株,枝繁叶茂,颇为壮观。今年再去,已不复见。

村民说:大树被树贩子买走了,听说移到某城市中心花园。村里年轻人都赶到城里打工了,地也没人种,茶也没人采。没想到,树也嫌贫爱富,跑进了城。城里人要看风景。村里人在大树下乘凉已有百把年了,现在也没地方待了。又说:你若在城里见到了,帮看看这几棵大树长得还好吗? 我听了,不禁泪下。

爱酒

亚明说:许世友晚年病重住院,我去看他。他很虚弱,突然昏迷过去,医生急忙抢救,我摆了摆手,说,不要慌,取床头柜上我拎来的茅台酒,往他鼻子下边抹了抹,只见他嘴唇微微抽了几下,马上醒了过来。

某画家忽悠老板语录

友人发来短信《某画家忽悠老板语录》:

我的画有无限张力,你买了画要往大里裱,否则巨大张力就张不开了! (画家不能谦虚,一谦虚就等于自己承认比别人差了!)

呀！眼光真好,你看中我的这幅画是为某中央首长画的啊,按理不能卖给你,你人好出价高,就卖给你吧!

我的画张张都是国宝,你买下人民会感谢你的。

你要买我的画呀？没有没有,人家订了三年了还没拿到画,看你心诚,我今天通宵不睡为你画吧,但你出价要有数噢！另外你得像珍视生命一样保护好我的画啊!

画价

老藤花馆主人来信谈起当今画家漫天开价云云,称:当下画价叫高也罢叫低也罢,都是自我行为,自我陶醉,自得其乐,自欺欺人。又不是国家牌价,半点也不值得牛逼。只要高兴明天就叫个一百万一尺,反正没人管,至于私底下怎么卖画,自己与鬼才知道。

业余

郁钧剑说:我希望我们这些演艺界的人不要只把书画当作附庸风雅秀,书画是艺术,技法还是很重要的,画画就得临摹,写字就得临帖。人家唱歌,我们可以说他很业余,那么,你画画写字,人家也可以说你很业余的。

明星画展

今日影视明星画画写字者几成风尚。唐社长说,倪萍在荣宝斋开画展,卖了几百万。一万八一平尺。大画家范扬也捧场买了一幅。

老周

老周说:我画了一张近年最得意的力作,巨幅山水《清明祭》,崇山峻岭,有烈士碑陵高踞峰巅,一列高举红旗的队伍登山祭扫英魂,笔墨苍润,丘壑独存,颇有宋人雄风。欲以此参加建军××周年大展,评委却称画题不好,太凄冷,建议挖去原题,易名《红军走过的地方》(还有更搞笑的),我退出!

北大学子痛言

老北大人、电影《青春祭》的作者张曼菱说:"北大已死。我骂北大是招魂,连魂都散了。我从今年出书开骂北大。清华说封我名誉校友。我说:生已北大人,至死守门庭。"

名山

张曼菱说:只想着游名山大川,肯定是我们的不自信。我们一直在跟着李白、苏轼、徐霞客在游,太多的文化覆盖,我自己在哪里?我们就是要去那些荒山野岭,人迹罕至,却依然葆守着自然本真的无名山水之地,当你同自然用心交流,这就是人文。

我笑道:您去了,它不又"人文"了呵!

艺术

石先生说:艺术与时代无关,只与自己的生命有关。

痛苦与快乐

乔仙说:我做了几十年的画廊,现在要正式做画家了。从生意走向艺术是快乐的；不像有些画家画了几十年，到头来开始炒作经营，反倒成了商人。从艺术走向生意，我想一定是痛苦的。

假画之苦恼

老Y说：最近有点烦。市面上假我的画很多，维权无策，严重影响我的声誉。

老X说：您咋这么矫情呢！假画越多说明你的名气越大。看来，你已经离大师不远了。近百年来，谁的假画最多？齐白石。所以他是第一大名头。活人中谁的假画最多？范曾大师，所以他的名气最大！

不重复

尤灿说：爷爷（尤无曲）从不画重复的画，他故去后，清理他的遗作数千幅，只有一张是依原来小画的本子上重新画了一次，大幅的。

文化农民工

余于画展开幕式称:北京有很多安徽农民工,我也是其中一员,因为我从事的工作与文化有关,可谓文化农民工。

主持人汪涵道:老许多贼,他说自己是农民工,买他画的人就不好欠他的钱,不给他钱,就是拖欠农民工的工钱啊!

"八〇后"

白下俞律、常国武、单人耘三老同办一书画展览,称之:"八〇后"画展。

言论

石虎说:中央美院是"反动"艺术思想的大本营。
王南溟说:中国美协是业余画家的社团。
边小宝说:美协是官僚腐败的洗钱机器。

画为鲥鱼

石谷风师说的故事:

某年上海一行画家来安徽,经芜湖,往黄山。是日,客次铁山宾馆。主人欲请画家为宾馆合作一大画。唐云好美食,说,此正鲥鱼过江时季,何不弄几条下酒助兴呢?宾馆遂与渔业部门联系,使船江上捕鱼去了。

大纸铺就,谢之光抖落出布袋中的什件,纵横涂抹,转眼间,山环水绕。唐云说:慢点,慢点,捕鱼人还没回来,不能太快,我们也要画得辛苦点嘛!

谢之光遗言

谢之光临终前对杨正新说:我转了一圈要回去了,我画了六十年的画,有两条要记住,第一条要画得凶;第二条要有笔墨。

许白:犹忆石谷风师说,某年见谢之光和唐云等人合作画,谢之光取出一个小布袋,掉出里面的什件,什么都有,毛笔、丝瓜瓤、牙刷、抹布……他是一个极开放的画家。你会想到吗,他早年却是画月份牌的。

阿猫阿狗之名

儿时,乡村小伙伴多有阿狗阿猫之名,诸如腊狗子、大牛子、狗欢子。乡人以为取个贱名,好养活。偶读旧典,欧阳修为小儿取名僧哥,其素不喜佛,人故异之,乃曰:"人家小儿要易长育,往往以贱为名,如狗羊犬马之类是也。"可见此习由来久也。

取名

友人信息:昨日生一男,取名"大为",希望他大有作为,唱歌有蒋大为,演戏有佟大为,画家有刘大为,都大有作为了。

重大事件

小宝说:钓鱼岛事件正热门,要不要策划一个活动,组织画家去钓鱼岛写生。

上海画家杨正新说:"这个主意好,我第一个报名。每人交十万块够不够。"

小宝说:"你不怕危险?"

杨说:"小日本不敢对画家动手吧!如果把这些画家打死了,也算国际重大事件了!"

画值

某人持画乞教,恰友人在旁,道:画,虽不算好,但,如果你当了美协主席,可以卖钱!

画意

马兆琳说,曾持画求教霍(春阳)老,他说:你要一笔里看出生、死、荣、枯。友人道:原来画画也讲生命科学。

"新加坡"

予旧作打油诗云:

天津片子东台货,不如屯溪老街作;

大小拍卖千千万,谁家不是新加坡。

尝闻天津、东台以专做假字画闻名,称之天津货、东台货。然今年出色者则莫过于黄山屯溪。新加坡。新:新仿者;加:假冒者;坡:破,笔墨拙劣者。人戏称为"新加坡"。

康有为与萧娴

尝与友人偶尔提及康南海书或有刘海粟、萧娴两门人代笔,友人道:刘代笔有可能,萧只见过康几面,不可能为其代笔的。

偶读高伯雨《听雨楼随笔》有《女书法家萧娴》一文,提及萧拜康门故事,颇可佐证余说:

萧女士的父亲托人介绍去拜候乡前辈。康因为她写的是"鄙人"的字体,便很高兴的写了几句介绍词,便登广告卖字,大意说萧的书法:篆隶雄浑似吴俊卿大令,行书茂密似沈寐叟尚书,真书则是绝似老夫。

康、萧的广东同乡蔡哲夫见到"广告",做了一首歪诗发表在报上,诗云:"恰似香光遇岫云,艺林佳话久传闻。游存老去临池懒,代笔闺中要有人。"令人发噱。董其昌之妾岫云,尝为夫代笔,以此比之康、萧,难免叫萧家父女大怒,却又无奈,不好找他晦气了。

此虽未明言萧为游存夫子代笔。其间端倪还是隐约可见的。

启功与吴小如

津沽韩嘉祥(吴玉如先生门人)说,某日,吴小如遇见启功,吴说:启先生,我什么时候可以加入你们的协会啊!启笑道:您要是加入了,那我们算什么呀?吴说:您这个主席可做了不少工作啊!启笑:我做什么啊,我是个不管事的。吴道:您真是厉害,把那么多不会写字的人都聚到一起来了!

吴小如

吴小如说:周有光说他一百多岁了,上帝把他给遗忘了。我也九十多了,上帝没有遗忘了我,只是想让我继续活受罪。

果子

我在微信上发了一幅缀满朱实海棠树的图片,遂有朋友跟帖:

六十年代:秋深了,果子熟了。

七十年代:好美!

八十年代:是真的吗?

九十年代:可以吃吗?

八大山人

与中央美院西画老师闲聊:有画画的人竟然不知八大山人。他说:不怕你笑话,我也不知道……这前半句并不奇怪,画西画的嘛。但还有下半句:是哪八个人?

四僧

某东北画家接受电视采访,说:我最喜欢清代四高僧,石涛、八大、渐江、弘仁。

距离

李可染画展上,某画家问身边的朋友:你觉得我的画与李可染有距离吗?朋友道:如果你看不到距离,我劝你还是别画画了。

识见

阳羡收藏家涂氏说:四十年前,我的朋友吴俊达对我说,你想收藏书画,要去认识一个人——吴冠南,我最多可能成为三流画家,这个人以后可能成为一流。

服务到乡

首都某博物馆开展"服务到乡"活动,邀请平谷山区村民来参观。中午提供麦当劳便餐。参观结束,请村民谈谈感受,一位村干部说:唉,耽误了咱们一天农活。

颓笔之趣

尝见海上赵冷月作书,颓笔凝墨,硬硬拙拙,写出来的字也是生生辣辣的,别有拙趣。书罢,笔不洗涤,任墨凝结,下次再用。先生谓之"破笔"。偶闻沪上麒派名家陈少云唱《打严嵩》,虽云麒派唱腔,却无周信芳声腔之味,盖嗓子太好,少了些"破"趣耳。

中枪

偶见"甲乙堂笔记"博客有云:饶宗颐先生赐题"读书便佳",装框上墙。老婆说:"佳字没写好。"我说:"多看几天就顺眼了。""那是,长相难看的人,每天见也就不觉丑了。"中枪!

许白:丑字看多了,看顺了眼,眼就看坏了!

又一条:

老杨爱上书画收藏,一年耗资千万。有问其妻生气否?笑答:"我现在加强保养,只要活的比他长,这些都是我的。"

有跟帖:那也得盯紧点,说不定小三也有份。

刘旦宅

刘旦宅晚年曾说:画出的画,只是被卖来卖去,没有意思,不画了!

昉溪案:刘先生好矫情哈。我的画要是也能被卖来卖去,那该多好啊!

陈传席的三高

陈传席说,其实我已很满足了,最近又买了一套房子,更高兴的是我没有"三高"。客道:您咋没有"三高"呢?陈正色道:我哪有啊?!客道:您,个子高、学问高、画价高啊!陈哈哈大乐!

耐着性子看

陈传席说:我常常收到很多陌生人寄来的画册、杂志,太多了。以前我很少看,看不过来。后来一想,人家也不容易,书印得也不错,现在我还会打开看看,耐着性子看。画,好的太少了。《边缘·艺术》每期都会收到,我也都看的,虽然有时许宏泉会在里面挖苦我一下,我也不生气,一笑而已。

菜单

友人来信,竟是一张名为"近百年美术史最后的一顿晚餐"之菜单。

黄宾虹:一锅鲜。

齐白石:龙虾伊面。

吴昌硕:梅菜扣肉。

张大千:杭椒牛柳。

吴湖帆:清炒菠菜。

溥儒:白煮鱼翅。

潘天寿:油炸蜥蜴。

傅抱石:发菜银鱼羹。

关良:凉拌折耳根。

林风眠:土制比萨。

李可染:大排铁板烧。

陆俨少:油炸大闸蟹。
石鲁:陕西大锅盔。
吴冠中:油炸冰棒。
刘海粟:酱烧大棒骨。
徐悲鸿:龙肉火烧(概念菜)。

创新

当创新成为艺术的评判标准,妖魔鬼怪就有了生存空间。

鉴画

友人引一团长来访,称有一画请鉴赏。原来一幅装老套的"黄宾虹"山水轴,笔墨荒率,西贝物耳。友人问:您看假到几成? 余笑答:七成吧! 团长说:您看,能否再高点,七五成够吗?

画派别论

客称,当代画坛有无"画派"呢?有!不妨举两派,你看看有没有道理。

展览派:此派以"巨大"为宗旨,追求张力,幅大货多,人物聚堆,山重水复,繁花似锦……以此吸引观者的眼球。其技法多从"制作",远离"写意",在他们看来"写意"总是"草率",唯"制作"方见"功夫"。此派之作,以挂在大会堂、钓鱼台为莫大荣耀。

笔会派:此派是画家(名头大小混搭)"走穴""赶场子"的即兴之作。尺幅有大有小。小的是"单干"、大的是"合作"。多以齐氏大鸡、虾米,李氏老鹰、荷花,徐氏喜鹊、奔马之类。何以之为派,盖今日市面上这类画作泛滥,而从事这种创作的人前仆后继,乐之不疲。很少有人没干过这活。因其具有一定的表演性,所以深受广大美术群众的喜爱。

昉溪案:近"荣宝斋拍卖·丹鹤楼专场",有刘海粟致方丹信札,论及"宾馆画派",颇有意思。所谓"宾馆画派",从刘海粟信中可知,乃是"文革"时期画家为宾馆

(实则楼、台、场、馆皆有之)所作巨幅画作,多以横幅。海老之"序"一本"大言"激情澎湃后,云亦未云。不妨录刘信如下:

> 方丹写信来要我为他的"宾馆画派"一书写序;并寄来他的一篇文章,我觉得一篇文章是不能写序的,但是,我又不愿意伤害一个年轻人的热情,三思之下,还是写几句吧!
>
> 首先声明:第一,我写的不是"序",只是给方丹的复信;第二,我不能对他的观点负责!因为我没有看过这本书!连"清样"也没有看过。
>
> 说到"宾馆画派"这个词,我首先就不高兴,因为这是"四人帮"强加给画家的东西,我自己也深受其害,我从来不认为自己是什么"宾馆画派"。不过,从思想感情上来说,当时响应周恩来总理的号召,为宾馆作画,艺术家们画自己熟悉的、生活中美的、积极向上的、健康的事物。从内容到形式是反对江青的"三突出""样板"文艺的。
>
> "四人帮"迫害宾馆画家的目的就是为了陷害周总理,他们在北京、上海、西安等地大批所谓"黑画",迫害许多有才能的画家。他们批"黑画"的结果是践

踏了民族绘画,把我们民族最宝贵的遗产当做了"封、资、修",他们的所作所为是货真价实的"封建法西斯主义"!

打倒"四人帮",人民解放了,画家们解放了,我也解放了。祖国艺坛春意盎然,原书中所述的悲惨事实永远成为过去,在中国今后的历史上,不要再出现类似的"宾馆画派"这样的事件。

我们的民族是一个伟大的民族,中国的绘画艺术是伟大的艺术。

祖国万岁!人民万岁!

一千九百八十年五月四日,刘海粟泛笔记于南京美森园,年方八十五岁。

丁八大

郎绍君说:"二十世纪中国画坛,在精神与笔墨上与八大结下最深渊源的画,非丁衍庸莫属。""反讽性隐喻是古典写意画所没有的。从徐渭、八大到齐白石、潘天寿,都没有。徐渭孤狂,金农拙稚,吴昌硕苍厚,齐白石天真,潘天寿沉雄,都没有这种戏谑与诡异。……丁衍庸以戏

丁衍庸作《瓜与蛙》

谑寄反讽隐喻的追求,在精神与形式两都构成了对传统写意的超越,但这种超越,并没有越过传统写意画的边界,这一点,耐人寻味,也最有价值。"(《从回归到超越——丁衍庸的中国画》)

昉溪案:八大已见"妖气",丁衍庸正"衍"了这种"妖气",使之"庸俗化"。这种"超越",乃是笔墨品格的堕落,他的画与"传统写意画"无关,是漫画式的八大。笔墨病态,满纸习气。小鸡画得像青蛙,青蛙画得像蚂蚁,不知道反讽了什么?戏谑是谁?有人偏要将他同徐渭、八大、齐白石、关良等等比较,这不正是当代"批评家"惯用的手段吗?千万别相信"批评家"。

全国美展

十月二十九日上海邵琦来访,不知是谁偶尔说起全国美展,邵说:全国美展是全国宣传画大展。

破与立

记得有句口号:不破不立。中国人最喜欢"破坏",从秦始皇到项羽到闯王到长毛到"文革"到今天,不是烧便是拆,无论你走在北京城的老胡同,还是走到山村水乡,都会看到老房子的墙上一个巨大的"拆"字。破是破了,立却未立。古老的建筑,古老的文化,都将成为记忆,一边"申遗",一边继续"拆"。

偶读高伯雨文集,名曰《中国人破坏力强》可见此风之久之甚也。

> 我们中国人常常自夸有五千年文化历史,的确是值得光荣的,既然有这样深厚的文化背景,为什么我们到了今天事事都落人之后。中国有几千年文化,固然可美,但在这几千年中亦不断破坏文化,祖先建设文化进度很慢,子孙破坏文化却手法很快。以有形体的文化建设来说,最具代表性的就是建筑物了,古代帝都,以长安的时期为最长,约有千年之久。在这些年月中,历代帝王所筑的宫殿范围,不知凡几,私人所筑的园林华厦,又不知凡几,到现在一所都不见留存下来,其荡然无存的原因,大概人人都会说内争频仍、毁于战火。不错,这是大原因之一,但我认为人为的破坏较之战争的破坏尤甚,而人为的破坏出之泄愤和形似"正义感"的就更多。一部

《洛阳名园记》（作者李格非，李易安的父亲），记录了一百几十座花园，到今日没有一所存在，亦可见国人对历史文物不大重视。

怎奈世上一"钱"字了得！

吴冠南短信：钱，自古本为文人所轻，并斥之为"铜臭"。虽如此，却也无一能全离"铜臭"，是为全离就活不下去之故也。如今倒反过来了。其一：文人（此专指有些作家）见钱不闻"铜臭"，但闻"铜香"了。目下无形开展的"画价"比赛，实乃史无前例。至于"画质"么，反正蒙人的，不管那么多了。其二：为觅孔方兄，如今的画家，准画家、伪画家一律跑单帮、唱堂会，干起了游医药贩的行当，还大言不惭曰："吾一年乃半年在飞机火车上矣。"其三：南方某艺术学院新美术馆落成，欲办首场纯学术提名展览，苦缺经费，好不容易找到老板赞助，一看提名画家名单，头摇似拨浪鼓曰：画家名单应由他点。无奈画展夭折。其四：鉴定收费，孔方给足，即可弄假成真。其五：批评家以收费多少，定作文评价高低。更有恶劣者动手乱涂几笔，到处叫卖曰："这钱不能光让画家们挣了哈！"

老农的爱情法则

友人微信:

北大一知名教授下基层调研,问一老农:爱情与婚姻的区别是什么？老农不加思考随口就答:很简单,您今天和她睡了,明天还想和她睡,这就是爱情;您今天和她睡了,明天还得和她睡,这就是婚姻。教授既惭愧又崇敬地望着老农自言自语:多精辟啊,这可是我研究了大半辈子的世纪课题啊！原来,事业,就是今天干了明天还想干;职业,就是今天干了明天还得干！朋友是喝完一顿还想喝,客户是喝完一顿还得喝。做股票是做完一个还想做,炒股票是炒了一个还得炒！！！

陈传席的新诗

偶检书箧,见陈传席先生的两叶诗稿,新诗,是不是有点适之、半农什么的味道呢？

肉体和灵魂

你爱女人的灵魂,

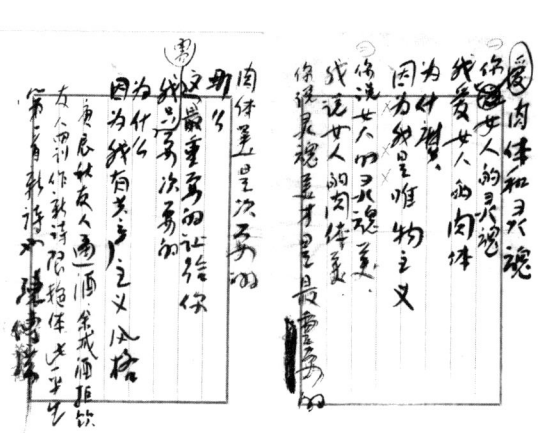

陈传席手稿

我爱女人的肉体。

为什么?

因为我是唯物主义。

你说女人的灵魂美,

我说女人的肉体美。

你说灵魂美才是最重要的,

肉体美是次要的。

那么,

这最重要的让给你,

我只需要次要的。

为什么?

因为我有共产主义风格。

——庚辰秋,友人逼酒,余戒酒拒饮。友人罚作新诗,限艳体。此平生第一首新诗也。

吴冠中谈徐悲鸿

某日,李怀宇来访,并见赠大著《访问历史》,有《吴冠中:东西艺术高处相逢》一文,其中吴氏关于徐悲鸿之言论,刀刀见血,不愧一个有个性有性情的艺术家。

徐悲鸿是完全反对西方现代绘画,他学的是老的,他学老的也不要紧,艺术其实不分新旧,只有好坏,古画也有很好的,不一定新的就是好。但是他的观点是要写实,不写实的东西他就看不惯,公开反对现代的绘画。他反对可以,但是他回来以后,在政治上占了很大的优势,跟国民党的要人有很多关系,他的力量比较大,因此推广他的现实主义,压制现代绘画。

徐悲鸿可以成为画匠、画师、画圣,但他是"美盲",因为从他的作品看,他对美完全不理解。他的画《愚公移山》,很丑,虽然画得像,但是没味儿,内行的人看,格调很低。不过他的力量比较大,所以我觉得很悲哀。审美的方向给扭曲了,延安的革命思路加上苏联的影响,苏联的东西还是二手货,从欧美学来的。

徐悲鸿从法国回国以后,画得比较写实,比较像,一般的官僚就懂了,觉得画得像。他会搞那些人际关系,跟官员搞得比较好,中国慢慢知道有徐悲鸿,画马呀,画了很多东西,在中国就很厉害。

上船

某日收到张大石头短信,觉得好玩,于是转发给陈永锵:所谓的末日将至,我造了艘巨大的方舟,要拯救中华文明。(排除艺术界的政治家,政治界的艺术家)2012、12、20

陈永锵回信:

——我呢?能上你的船吗?小三能带么?还有啥"三要三不要"的注意事项?如何"走程序"望示下。拜托。到时见!

口误

倦翁说:某业余画家从艺××周年画展开幕,得意门生兼主持曰:"……德高望重,五百年来第一人"云云,讲毕又云:"现在开始敬献花圈"众人惊呆,有嘉宾云:"总不会还要瞻仰遗容吧?"

识见

范扬说:吴藕汀没出过远门,见识太浅,可谓井底之蛙。

范笑我答:吴藕汀尝作自画像《背立图》,题"瓦山野老意。"即"我看不得人,人亦看不得我。"吴藕汀立在范扬先生的井外。

开幕式

L说:北京的画展开幕式天天有,有时我也要去的,不为看画,只为见见熟人。

情景

周逢俊爆料:宋庄画家某君,开一辆"老爷车",因拿不出三十元停车费被停车场收费人员挡住,后面一串车被迫停在后面。正尴尬时,一位时尚女郎打开车门走上来,递给他五十元便转身进了车里,此君亦追上去索要其地址及手机号,说以便有情后感。女子正色道:"钱都给你了,人就不必惦记了"。

官·艺

一痴说:古代官僚玩艺术,今日官僚玩艺术家。

这片画坛

W先生来信说,这片画坛真无奈:要画的比买画的人多;呆在饭桌上的时间比呆在画桌上的时间多;交际的时间比作画的时间多;胡吹的时间比读书的时间多;钻营的时间比钻研的时间多;画价虚的比实的多;到处兜售的比安心修炼的多;出版画册,市场作品假的比真的多……

标准

G先生来信表达对"标准"的看法:

如果坚持以传统标准判断,当代已经没有了画家。如果不以传统标准判断,当代只要是拎着毛笔的人,个个都是画家。

字与画

倦翁说,上世纪八十年代初吴冠中与我闲聊时对我讲,"字要画,画要写"。

好听的话

二刚遇大乐。大乐乐呵呵地上前道:"大家都说您最近越画越好了。"二刚笑道:"反正大家见了都说好听的话。不过,好话听了很舒服。"

罗立火发火

上虞罗立火,多年致力关良绘画收藏和研究,编有《游弋中西——关良作品集》。今天,他(发)火了:

> 二十八号我去杭州看浙江某拍卖预展,有一件关良的画,是"朵云轩"以前的木刻水印,被伪作者添上"仁民小弟"上款,竟可以公然拍卖。我找到公司

的某经理,告诉他这是件印刷品,我家里也有一张。这人脸马上变了,也答应撤拍。拍卖当天,有朋友来咨询我,想买这幅画。我告诉他是印刷品。并匆忙赶到现场喊来那个经理,质问他为何不撤拍?他说,如果是你朋友买到的话,我退就是了。MD,这不是公然欺诈吗?如果不知情的人买了,不是白买了?!如果拍卖公司都如此的不自律,泯灭良心,艺术品市场还有指望吗?

朱振庚

央视宋导说:某年湖北新美术馆落成,有关部门为朱振庚在新馆第一个举办画展,还开了研讨会。会上,高朋满座,画家、理论家们纷纷发言,对朱振庚的作品热情称颂。朱忽正色喝道:好了!我知道你们心里是怎么想的,你们,谁谁谁,你们以前骂我,骂我画什么也不是!我告诉你们,这个研讨会跟我一点关系没有。说罢,拂袖而去。

主持人说:大家平静、平静。朱先生就是这个脾气。我们继续开会……

多情种子

林筱之多情好色,至老不衰,尝言:我还在母亲肚子里的时候,父亲(林散之)便整天捧着《红楼梦》念给母亲听,能怪我不像贾宝玉吗?

标题

有称:"年轻版蒙娜丽莎"的标题,其实可以写成"蒙娜丽莎青涩旧照曝光"。

艺术

"艺术的最高境界在哪?"友人问。有说:"超越现实,向往自由。"有说:"所以,那些主题创作,忆苦思甜描绘生活、为河山立传者都是形而下之,皆工艺品、宣传画。从当年的《说红书》、《祖孙三代》、《开国大典》到今天的'重大题材'……"

边白:可以代表本刊观点……

蒙娜丽莎

时代

某说:黄宾虹太简单,将宋元山水丘壑造境都简单化了。

某某说:宋人是穿着棉袄的姑娘,元人开始着旗袍,到黄宾虹已是超短裙了。说明了什么?时代进步了啊!

飞白

飞白书源渊有自,似从未盛行,亦从未绝迹,如腐臭之食,总有喜啖者。清人张燕昌钟情飞白八分,堪成绝响。癸巳新正,得其联,曰:"相逢红尘内,结交青云端",为山人七十四岁所书,三折一波,婀娜多姿,忽思流行一词"卖萌"。友人评之,冷峻空灵,欲俗还雅,似老却嫩,飘逸而古厚,苍茫自鲜妍,所谓"最分明处最模糊"是也。

闺秀书法

拍卖公司某屡索友人所藏书画上拍,友人烦他不过,便说:我倒有一叶林黛玉诗稿,绢本旧裱,不知如何?某大悦:闺秀书法好哇,一定能拍出大价!

忽忆孙静庵《栖霞阁野乘》有"仇十洲《史湘云春睡图》"一则,可以相当。云:

仇十洲工人物,其名虽妇孺皆知之。某骨董肆悬一幅仇十洲《史湘云春睡图》,有鉴赏家甲乙二人,过而见之。甲曰:"此的是真迹,其用笔非十洲不办,且题字与图章,无一不绝佳,而缣纸亦非近百年物。"乙曰:"君言诚然,但布景散漫,余不能无疑,恐是高手摹本耳。"二人津津致辩。忽背后一人大言曰:"明朝人画本朝小说故事,大是奇谈。"言罢,悠然而去。二人面赤不能作一语,继而徐叹曰:"吾辈赏识,乃在牝牡骊黄之外。"

黄老大

黄永玉会玩,他写给老二的一幅字,一直挂在二先生家的过道间,写的是:"翻你东西的人肯定是个天才,你要想法赶快把他轰走!"他有张名片:"享受国家收费厕所免费待遇(港、澳、台暂不通用)——黄永玉。"

> 享受国家收费厕所免费待遇
> （港、澳、台、暂不通用）
>
> 黄永玉

黄永玉的名片

过瘾

传黄永玉收润笔喜现钞。某日某老板扛八位数红钞到万荷堂买画。黄嘱家人用点钞机过数,一旁叼着板烟斗,听着嚓嚓的声音,整整点了一下午,过的就是这个瘾。

你说了不算

黄永厚说:某年,见朱修立画,给他提了点小意见,说:"你的这些画好是好,每幅总离不开那些主要的内容……"我还没说完,朱正色道:"谁说的?"我说:"当然我说的啊,难道我还会转达别人的意见不成?""你说不算!反正你又不会买我的画。"我一想,这句话太真理,对啊,创作是人家个人的事,划河为界,我过界了,人家喜欢怎么画就怎么画,你画你的好了。

意气和气节

一了写了幅字,上写道:

不招安！不装 B！不装孙子！

王朔说过：逼是一样的逼，装上有高低。

曾国藩尝称：易动者意气，难立者气节。（见郭沛霖《日知堂笔记》卷中）若可平意气，立气节，非常人可以做到。平意气可装 B，可逃避，当面对种种诱惑，立气节需要怎样的"英雄气概"啊！

一了说

一了来访听雪斋，双耳失聪，胡须花白，"岁月真是一把杀猪刀"（某女语），然双目仍清透，谈锋仍不减，更时出妙论。其论"好画"云：

——什么叫好画？好画，一看就要让人激动。现在很多人的画，睡在故纸堆里弄些文人小趣味，还自以为"风雅"、"格调"，照此下去，中国画迟早要阳痿，没有了血性，恐怕迟早要断子绝孙的。

——某公语重心长地对我说，一了啊，你不能再这样画下去，老板买画要送礼的，人家都看不懂，咋卖得出呢？说真的，打那时起，我特担心有一天突然会来个老板买画。

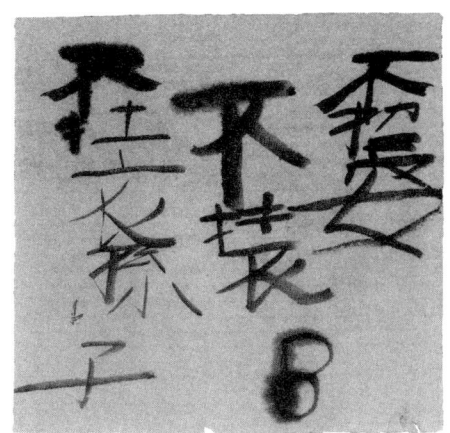

一了的字

——有人说我的画太野性,野性,是生命力。

——中国画的笔墨芯芯里藏着作者的精神与人格,人格与品行。这些都需文火徐徐养起来,年月不到,味道就很难厚道耐品。苍老澄明就是说宾虹、白石、关良的,别人达不到。

招安

有人问一了,听说你要被"招安"了?

一了:还不如把我阉了呢。我要放虎山林,你却要把我捉进牢笼,我还是我吗?

担当

与大乐、一了"正规聊天"(魏墨语)。

大乐:大师兄是一个有担当的人。他说,"河南王铎以后已四百年没出大人物了,我能不急吗?"

一了:哦! 有你大师兄,我们就放心了,用不着多想了。

不变

范大师恃才傲物,身边也没人敢说不好听的话,他翻脸不认人啊!只有大冯还敢说几句真话。某次,大冯说:"你有本事,为什么人物造型不改一改?"范倒坦诚:"改了人家就不认范曾了。"一个有才华的画家就毁在这上面了。

感言

杨绛为《开卷》题词:世界真奇妙,老人才知道。

舫溪案:尝见于光远题书:世界真奇妙,后来才知道。

出境

有关部门近日下文"吴冠中作品不准出境",还有亚明、黄苗子等人作品原则上不准出境等等。

舫溪案:我们不是口口声声喊着要"走向世界"吗?人家是拿钱买画,自然会珍惜,又不是"八国联军"要抢,干吗这么小里小气。而所谓"原则上","原则"谁来定,中国很多"原则"都"潜规则"运行,我们的"文件"为什么老这样"留有余地"呢?

个性

老弘说:这个时代,学院为我们培养出太多的循规蹈矩的画手,而我们太缺少绿色的野性的艺术人才。

韩羽买衬衣

韩羽创作《三个和尚》时,在上海出差,需外出买件衬衣。韩羽面露为难状,领导问原因,曰:你们上海的路不认得啊,而且他们看我一个乡下来的,一定会欺负我啊。于是,领导派了两个女同志陪同前往。回来后,韩羽很得意,说:一个人逛街多寂寞啊!大家恍然大悟。姜德明先生说,你真是狡猾狡猾的啊!都说上海女孩精明,也精不过你韩羽啊!

胡子

某年,杨彦忽剃去长髯,脱去古装,着一西服,"正规"来访寒舍。喝茶、聊天、作画,半天后,杨忽问道:"你今天没看出我有什么变化吗?"我摇了摇头。杨叹道:"看来胡子并不重要!"

陶冷月

吴香洲说:沪上画家陶冷月,听说他的画拍得很贵,可见当代人的审美眼光。此公画若舞台布景,无笔无墨,工艺美术而已。

恰如其分

柯文辉应邀参加中华书局《近三百年学人翰墨》新书发布会暨《墨香里的旧时文人》个人收藏展后说,对古人的这些作品评价过高,是今天中国人的悲哀;对这些作品评价过低,也是今天中国人的悲哀。一定要恰如其分。

可惜我们今天的人不是喜欢放大就是喜欢缩小,很难恰如其分。南吴说,柯老真是个哲人啊!一张口就是哲学。

开心或伤心

一匹狼说:有人喜欢我的画,我开心极了;有人喜欢我的画,我伤心死了。

砖家

鸳湖吴香洲好搜古砖,有超"千甓亭"之想。一兄称其"砖家"。

一语惊人

杨正新说,有一次我接吴大羽先生去参加一个会议。车上,我问吴先生:近来画得多吗?吴先生说,近来眼睛看不清,画得不多。我说,看不清怎么画呀,快去看医生啊。他说,没关系的,我是用心来画的。

抬杠

某人持名画一轴求"鉴定"。原来"白石老人"虾米。笔墨拙劣,赝品无疑。

客问:"真的假的?"

答:"假的!"

客道:"你说不是齐白石画的?"

答:"不是!"

客正色道:"假的?假的我把它吃下去!告诉你,绝真无疑!"

"难道是你当场看着齐白石画的?"

客道:"那,你说不是齐白石画的,你告诉我,它是谁画的啊!"

无语……

创新

许石林(《深圳商报》)信息:早上在衡阳一绘画研讨会上发言,说:对传统要迷信、盲从,不迷信盲从说明还不够信。别担心淹死在古人那里出不来,淹死证明你天资、才情、努力、造化不够,但你尊崇古人,死得其所,虽死犹荣。宁愿做传统和古人的殉道者,切不可当反传统的造反派。又说,别倡言创新,那很丢人。新是别人说,自己别说,别跟自己给自己加谥号似的。苟日新,日日新,又日新,你是正常人,尊崇古人,该新自然新、必然新。

林风眠的白粉

倦翁说,人谓林风眠始于色中加入白粉,实非林氏发明。明清景德镇粉彩瓷即有颜料加进白粉之法。余曰:林画线条亦从明清民间青花瓷画中来。

称呼

吴冠南短信:中国乃礼仪之邦。所以事事处处要讲礼貌。几千年下来其中有一条是"若要好,大做小"。于是通信或见面皆称小于己龄者为仁兄。书家、画家凡遇同龄或小于己者求画,题上款必一律为仁兄再加大人。若直称对方为弟则视为"无礼"。当年大羽老称我为兄,我说断不可以,大羽老说"这是礼貌"。如今你们年轻人也要学学,不能不懂"古法"。

悔不当初

某画家招饮,示大捆旧作与客欣赏,看了大半天,忽叹道:"不看了,我自己都看累了。这些大都是二十多年前画的,真后悔,要是不画,留下这些纸也能卖个好价。现在一九八○年代的红星宣纸一张就好几百啊!"

莫言

莫言说:"如果我得的是诺贝尔物理学奖我一定非常高调,你不服你也得一个?但对于文学,每个人都有不同的看法,有人觉得好,有人却觉得这是什么玩意,如果有来生我一定去研究物理学和天文学。"

昉溪案:为什么担心有人说好,有人说坏呢?马尔克斯、海明威、川端康成他们会因为说好说坏而不能不朽吗?他们永远站在文学时代,而科学恰恰总是"后来居上",被后来的科学推翻。莫言的担忧是情有可原的,因为毕竟是一个文学式微、没落、堕落的时代的获奖者。

绝望

莫言获得诺贝尔文学奖,对中国作家乃至中国文学无疑是一个沉重的"打击"。几十年甚至近百年内中国作家们对诺奖的幻想至此宣告已破灭。据说,某西部著名老作家听到这一消息,当场晕厥过去。

理论

一了说:某理论家为我写一画评,文言文。

好多字都不认得,更看不懂啥意思,故直言相告。一个多月后,忽然他又发来一篇三万多字长文。称是他找了一位大学博导将其千字文翻译成白话文。

昉溪案:现在国学热起,都时兴写文言文填词作诗弹古琴穿汉服。

上市

老D说:我加入美协了,中国美术家协会会员。刚一入会,立马就有山东、河北老板来买我画了。说真的,入了会,就等于上市了,不服这个不行。以前那些我准备烧了的画,一下子被"股民"们买光了。

佳画

袁子才尝谓:美人之光,可以养目;诗人之诗,可以养心。余曰:佳绘者,养目而可以养心者也。

红头文件

偶见"雾满拦江"微博称:曾发了个历史贴,就有人指摘造谣并投诉,我傻兮兮的跟对方解释,拿出一堆引文来,引自某某史料,佐证有哪些……不料对方一剑封喉,质问:有中央红头文件吗?少拿你的垃圾假书骗人。当时我就认输了……从此知世有非正常之人,不敢起卖弄相争之心。

昉溪案：我们的历史往往就是官家典籍说了算，"红头文件"方为定论。推翻历史，需再下一个"红头文件"平个反，这样人民才相信。这是一个怎样的民族？悲哀！

Ke 还是 que

"康伟书虫"说，某日在中华书局一饭局上，几位先生激辩陈寅恪的"恪"字究竟读 ke 还是 que，其中一位至愤几欲离席。颇不喜欢其做法，但能为陈寅恪吵架，也算景致。

误趣

姜凤山先生说：某次，梅（兰芳）先生演《醉酒》，有掷帽与高力士情景，旧例帽子恰落于高的手中。不慎落于地上。梅先生毫无惊色，而高力士（萧长华饰）更能急中生智，念道："娘娘，这回您真的喝醉了，奴婢在这呢。"落幕，有观者上前问梅先生"您这戏又改了？越发地生动了。"梅先生微微一笑。

雅俗

倦翁发来信息:走东走西均是碰鼻子的"忍"、"武"、"厚德载物"、"天道酬勤"、"禅茶一味"等等这些本该装在心里的词,被写成各种字体挂在了墙上,却不知这一挂变成了有口无心装点门面或冒充儒雅的招牌了。

复曰:三十年前,余每见书家挥毫,皆"月落乌啼",今之书家又无人不抄"心经"。有口无心,亦媚雅之俗。旧有诗曰:"月落乌啼霜满天,诗里枫桥独有名。可怜当初张员外,直被书家煮到今"。妙极。

吆喝

丁大网说:想到当代所谓书画市场,忽然想起小时候收破烂老人的吆喝:破——烂,拿来卖!

得意门生

"仰宋堂"微信:央视《艺术人生》播放康某画家专

题,他说是"李苦禅晚年最得意的学生"。得不得意且不论,连个"先生"都不说。不知苦老得意此门生何哉?!

祸从口出

黄宗江说,我无话不可不对党说。因有"梦话症","文革"劳改,怕梦中说出悖谬之言,睡前,用胶布封住口。一夜无话,早上起来再撕掉。

活着

黄宗江说:既然活着,不要黑色地活着,不要灰色地活着,要亮色地活着。

学古人

《随园诗话》卷六记周栎园论诗云:"学古人者:只可与之梦中神合;不可使其白昼现形。"画师古人,当亦如是耳。

论画

方亨咸《论画》云:"厚不因多,薄不因少。"余曰:关键在笔墨耳。笔老味厚,笔简意远。今人一味黑密而不能厚,盖笔力不逮,墨法不备耳。

佛头著粪

京师某拍场见黄宾虹为沈寐叟所绘《海日楼》横披,裱作手卷,今人刘炳森恶俗隶书题作引首。堪称"著粪"耳。

童趣

周幼鹤持"蕉窗婴戏图"来访,余添蛛网,因喜其画意,又题句曰:"雨霁蕉叶舒,倚窗喜见蛛;儿时多乐趣,未必苦读书。"此正契我儿时之乐,如此欢愉,今之读书郎已无复梦见也。

高研班

牛奇说:马导师开班了,名牌大学高研班,一年学费三万,我准备去报一个名。

马力说:这么贵啊?杨导师才收三千块一年,每次开课后还请学生们搓一顿呢!

牛奇说:马导师说,散班后每位学员送一张斗方。可以卖四万呢,白赚一万为什么不去啊!

金梁

郑秉珊《近代书人》称:

"清朝末年,金石学最为发达。写篆籀体最著名的有吴大澂等,入民国后要推金梁为翘楚。他的用笔结体,极为放纵自由,在吴氏外另有一种境界,这是多看钟鼎文得其趣的结果。"

余以为近代金梁、罗振玉、黄宾虹可谓金文三鼎足也。

金梁所作对联

好大

老藤云:国人素有"大"癖,把县改为市,将系改作院,明星称之巨星,画家称之大师、宗师、泰斗,如此等等,其大国泱泱哉?

人云亦云

吴冠南说:黄宾虹未"热"时,天下齐叫齐白石盖世无双。近些年黄宾虹作品一受热捧,世又有好事者争说黄宾虹比齐白石好出许多。这好像讲白面比大米好嘛。

昉溪案:说齐白石天下第一时,漫天虾米小鸡大寿桃,就连老年大学里老干部们人人都能画出点齐模齐样来。说黄宾虹好了,黑山黑水黑一片,以为黑了宿墨了便是黄了。有道是:曾经天下皆白石,如今画坛黄祸起。人云亦云何时了,南黄北齐犹未死。

第二

朱竹垞先生诗名盖世,而自称本朝第二(见《随园诗话》卷八)。亚明先生尝谓:亚者,一是怀人,二则只做第二,不称老大。先生晚年患肺癌,余往探问,先生笑称:这回我又得了个亚军,冠军是艾滋病。其豁达如此。

三戴墓园

癸巳清明后二日,清初画家戴本孝及其父明义士戴重、弟诗人戴移孝之墓于先生殁后三百多年重新修竣于他的故乡安徽和县城西北四十里鹰阿山下。余撰一记,倩香洲兄书丹,亦将刻石立于园亭,兹录文如下:

> 明末清初,江山易祚,战事频仍,吾邑河村戴重先生,举义抗清,绝粒殉节。其子本孝、移孝昆仲,承先人之志,绝意仕途,隐居迢迢谷中,力稼务农,耽情诗画,遨游名山,结交遗民,抒发心志。本孝以丹青名世,为三百年来吾邑画家之首;移孝尝师事桐城方密之,亦以诗称。后以罹满清文字之狱,著作焚弃,

墓庐遭毁,衰草荒土,凭吊何处。稽诸史料,知谷中鸡心山麓为戴氏茔地,因于此重修三戴墓园,以怀乡贤。乃与周绪贤、戴瑞、麻朝炎、王俊诸先生商议,由石杨镇镇政府主持修建。又遍访江南名人诸墓,参照旧制,规模造型。更倩当今画苑名家石虎、吴悦石、范扬三先生分别题碑,再邀吴门名工选材勒石,以示不朽,癸巳吉日,圆满竣工。

青山隐隐,仰鹰阿之嵯峨;绿水迢迢,映碧落之精庐;东涌香泉,涤岁月之尘垢;西望凤台,驻英灵之游魂。展是墓者,庶几不忘前贤之遗泽也。

岁在癸巳清明邑后学昉溪许宏泉撰文 古歙吴香洲书丹

张曼菱诗

张曼菱有《昆明感事诗》句云:"满腹诗书河山破,一室难安漂泊魂。"令人不忍卒读。

口误

上海女老生王佩瑜将演出传统名剧《三大贤》,报幕员口误道:下面请听著名老女生王佩瑜演唱《大三弦(贤)》。全场哗然。

什么黄宾虹

某次宴中,有客大谈黄宾虹,众人和之。东北画家宋桂鱼忽拍案道:什么黄宾虹,完全是一个不会画画的人。

王金声

沪申王金声先生以收藏名家书翰称著。上自魏(源)、龚(自珍),下迄巴(金)、冰(心),蔚然大观矣。尝称:曩岁壁上皆大千、白石、壮暮翁之画。某日邓云乡先生来访,见之不以为然,道:撕掉,撕掉!自此,乃致力收藏文人翰墨。某日,邓复至,见壁上已是老舍、沈雁冰书轴,钱锺书书联。始称之。余笑称亦不以为然。先生道:

今日,已是龚定庵、刘师培、王观堂登场。余曰:真文人也!

掠奇

某年,北京某拍场拍出一件《三友图》轴,署名林徽因,上款志摩,左下更有徐氏题字。

如此低级儿戏或正契媚雅掠奇者心理。耽异觅奇,徇名遗实,藏家大忌也。

不解

邵大箴曾对程大利说:黄宾虹被人们推至如此是很有问题的,他的造型是不过关的。邵,中央美院理论家、博导。

差得太多

凡拍卖会"当代画家专场",无论大小名头皆会拍出天价。

每拍一件,底下必有二三人相互抬,彼此顶,落槌后,这几人便随即离场。

即拍XX画时,彼一牌,此一牌,三十几轮,数百万之谱,似还未达至"心理价位",场上有人耐不住烦了,嚷嚷道:"好了,我看差不多了吧!""这样搞有意思吗?"活脱一副艺坛叫卖众生相也。

方力钧

老弘说:方力钧成为国家画院正式工了。是当代学术搞定了国家画院,还是国家画院搞定了当代艺术呢?从此后,方某将代表"国院"出征威尼斯了!

许白:现在官方有"健康的当代艺术"一说,那肯定就是有"不健康的当代艺术",那方氏能不能作为健康的当代艺术代表呢?!

只管干活

锵哥说:我就是一台挖掘机,扒起一把泥沙,转个身,放到老婆的翻斗车里。

动力

犹忆二十年前听贺友直先生讲座,有学生问:您画了那么多的连环画,创作的动力是什么呢?

贺说:钱,那时候连环画稿费高,越画越有劲。

老辈派头

丁大网忆旧事:一九七〇年代,军博有全国书展,有高二适《渔父辞卷》,范曾观后致函高老:尊书窃以为全场之冠。高老阅毕随手一掷:本来如此,何须尔多言。

失算

岭南某画家尝称:有人说我画来画去就几幅画,这有什么可怕的,一千幅相同的画,分到一千个人手里,就是不同。光阴荏苒,此公未料后来中国有了拍卖公司。他的画一下子涌上拍场,大大小小,往那一放,连他自己也觉得难为情了。

书香

李孝萱说:某年座上,范大师对我说:你,也是有"书香"的,我看得出!我说:我,出身平民。范叼着板烟斗,俨然老辈口吻:怎么可能呢!书香传承,不可限量。

李说,当时我一激动,说:如果非要说"书香",那就是李耳了。

范脸露愠气,颇有不爽之意。我一想,也是,人家祖先范仲淹,不过一代文人。你是老子之后,那可是一代圣贤呵。

煽情的动情

徐小虎说:我从加拿大来到台北定居,为的是去故宫看画。我带着"有没有假画"的问题来看画,后来,我的问题竟然是"有没有真画"。当我发现我喜爱的吴镇不是真的吴镇,我病了,发了三天烧,多么得伤心。

假画国度

徐小虎先生说:华人艺术品损失率位于全世界高峰,造成一直严重缺古货,进而促动了伟大的赝品手工业传统。

文人画

某日,台湾元智大学徐小虎博士在北京画院讲座,论及"文人画"称:"文人画并非自己是文人,而是在自己的画中介入先贤笔墨,表明自己的画中有文人绘画的渊源,"所谓"笔笔有来历"。

王己千的创新

徐小虎回忆,王己千一九七〇年代尝以揉纸作团蘸墨再展开成自然皴法。此间,尚有刘国松、陈其宽大行其道。及至一九八〇年代,大陆画家如梦初醒,见到这些"高科技",大开眼界。于是"创新","革命"自"五四"后死灰复燃,随之"'八五'思潮"兴起。

十多年前我在《这片画坛》中论及王氏,这位曾经穿长衫、坐圈椅、玩古物的吴门老派,晚年一心思变,花样迭出,可见葆守晚节是何其难矣!

又据徐小虎称:王己千早年凡谈画即论笔墨,称"笔墨最重要",晚年一心思变,称"什么都是笔墨"。可见他早年对笔墨的理解仍然肤浅——这也难怪,他是吴湖帆的学生。

影后

大乐微信:偶于电视节目看到有称中国书画研究名誉院长赵某某书赠台湾影星归亚蕾条幅,上书两个大字:"影後"。玩高雅玩出笑话。大陆简体"後"虽统一为"后",但在这里却不可通用。"后"的原始义类乎"帝王",如"后羿",即一位叫羿的帝王,后演用为皇帝的正室,如"王后"、"皇后"。而"後"则指程序或方位,"皇后"故不可写作"皇後"。

何家林跟帖:字俗人俗电视(媒体)俗。

听雪跟帖:大乐兄错解了,他说的是影视后面的那些事,让我们关注影星后面的故事吧?!

李可染之变

邱才桢称:李可染早年人物画,拙秀相生,极有韵味。晚年画作,一味追求"拙厚重",个人风格是有了,而未免过犹不及。基于写生的山水以及过于强调力度的锯齿状的线条,离数千年来文人画传统远甚。后之画史,或将重估也。

昉溪案:这一代人为"创新"之"创"所诱惑,乃一味求奇求风格,陆俨少后期迷恋"虎皮"般的视觉效果亦创新之祸也。

变与不变

变法,是每个画人之梦想。

老弘尝言:衰年变法一不小心则成晚节不保。纵观画史,无数人因"变"悄然倒下,大多人都在遭遇淘汰,只是迟与早。

富聚

近日,七届美协理事会在京召开,某称:这是一次富豪聚会。哪个理事不是千万身价,哪个主席副主席不是亿万富豪啊!

左道

杨宾《大瓢偶笔》卷八有"作字不必皆笔"一则:

周穆王以剑划"吉日癸巳"字。鲁灵光殿匠人,以泥刀划"太子钓鱼池砖"。王右军以垩帚书壁,柳枝书《瘗鹤铭》。陶隐居以荻书。张长史以发书。裴休揾袖题化成寺额。吕洞宾以瓜皮书《济南寺碑》,以石榴皮写七言绝句于西邻酒家。黄华老人以槟榔壳书大理府三塔寺。南唐李后主撮襟卷帛而书。石曼卿以甄作龟山佛寺殿榜。陈白沙缚茅作字。高其佩以指书划款。张绶以箸书扇。余亦曾以布作山东都司堂额,以草帚作方丈字。

可见好奇作怪古即有之,然往往兴至所作,虽非正统,亦多奇趣。今日更有于少女身体作书,以女阴裹笔作书之"行为艺术",意不在书,而在"行为"之奇也。有道是:左道旁门堪可笑,奇技淫巧却入时。

知己

杨宾《大瓢偶笔》有"书不遇知己"云:"徐青藤书片纸取酒市肆,久之不偿其值,酒家苦之。及青藤没,人重其书,以一金易一字,直遂数十倍。"

尝闻南昌一痴云:黄秋园居陋巷,侧有早餐店,黄喜食其肉饼汤,窘于铜板,只能偶尔解馋。店主闻其会画,说送几幅画,随时可来吃。黄大喜,逢人道:我的画可以换肉饼汤吃了。此亦风雅店主也。

安全问题

清华邱教授说:刚去农展馆看一艺术品拍卖展,为何选在农展馆? 其深层联系大概是:农产品和艺术品,都有安全问题啊!

交易

某画家称"今年不卖画"。某日某老板拎着大包现钞登门求购,画家头摇得直如拨浪鼓一般,老板只好将钱一捆一捆地往包子里装。画家看着看着,叹了口气:"今天开戒一回,免得您扫兴。"老板笑嘻嘻地又将钞票掏出来。

画家一

许石林说:昨上午,偶遇一"深漂"画家,六十多岁,兴奋地七情上脸,说:我是纪念毛泽东诞辰一百二十周年组委会副秘书长。旋展示其手机中图片:水墨毛泽东头像。瞪大眼睛问:我画的,怎么样? 我说:好! ——其实真想对他说:您画的是烧烤过的吧? 像这样画先帝,在前清是要被凌迟的。

刘知白

柯髯在刘知白中国画展研讨会上说:如果在(一九)

七〇年代,他们要选出一百名画家,不会提到刘知白;如果在(一九)八〇年代,他们要选五十位画家,也不会提到刘知白;而在今天,人们要提出五位山水画大家,刘知白肯定算其中一位。

超拔

孙退谷《庚子销夏记》卷一论孙过庭《书谱》墨迹称:"唐初诸人无一不摹右军,然皆有蹊径可寻。独孙虔礼之《书谱》,天真潇洒,掉臂独行,无意求合而无不宛合,此有唐第一妙腕。"余尝论虹庐老人画,超拔时流,而神与古合,宋质元韵,达变新生,清季民初,只此妙造也。

伪石

明王佐《新增格古要论》论"灵璧石":"其色黑如漆,间有细白纹如玉者……扣之声清如玉,快刀刮不动。"又记伪者称"假者多以太湖石染色,刀刮成屑。"好古伪作之风由来久也。闻今人伪石之奇,以利器洞孔硫酸蚀腐之,此作伪手段可谓与时俱进。

好事家与鉴赏家

高濂《燕闲清赏笺》中卷《画家鉴赏真伪杂说》云:

米元章云,好事家与鉴赏家自是两等。家多资蓄,贪名好胜,遇物收置,不过听声,此谓好事。(如今日拍场专举"石渠宝笈"及其他著录者,头脑长在古人身上,所谓"听声"也)若赏鉴家,天资高明,多阅传录,或自能画,或深知画意,每得一图,终日宝玩,如对古人,声色之奉不能夺也,名曰真赏。(近人吴湖帆是也)

此一时彼一时

《大瓢偶记》卷六有论"康熙间江西书家"云:"江西能书者,以危载、余衡为最,八大山人次之,闵长六应铨又次之。"然今日惟八大独居雄峰,余皆淹灭不名也。又大瓢论八大书云:"八大山人虽指不甚实,而锋肘悬,有钟、王气。""指不甚实"堪称八大之命门,世人皆以为八大之超逸,余独视之刻意浮薄,奈何矣!

赏鉴

王佐《新增格古要论》论"赏鉴"云:"看画如看美人,其风神骨相,有肤体之外者。今人看古迹,必先求形似,次及事实,殊非鉴赏法也。"今人多看面目、印鉴、裱褙之表相,而不知笔墨神采之要也。

鉴伪

丁大网说:网上见某名家作品,看了半天,觉得此名家写不出这等好字,当赝作无疑耳。

除旧

某年,友人清早持一卷旧纸来访,打开一看,原来是一幅地轴残缺的林散之书法。称是路过政府家属院于垃圾堆旁捡得。时正腊月末,老家有腊月二十四日掸尘习俗,想必为除尘时当废画抛弃。犹忆儿时,亲戚嘱画中堂画,多"松鹤长春"、"虎啸山林"为题。及次年将尽腊月掸尘一律撕去,再换上新幅。当时并未觉得可惜,反倒认为,又可以画新画了。

画家是没法传代的

杨正新说十六岁跟海上名家江寒汀先生学画时,江上来就说:"老师领进门修行在自身。"又说"老师只能教你技法,而画画只有技术是不够的,要看你的悟性。这是老师教不了的,否则大画家的子女都成大画家了。"

危机感

"八〇后"画家张君感慨:早三十年,他们像入了邪教似的搞政治宣传主题创作;近三十年,他们像打了鸡血似的炒作包装卖身卖艺;到如今,狼藉一片,我们肿么办?!

档次

雷哥微信上发了一张贵省新建图书馆照片,感言:世界级的馆舍,国家级的设施,本省级的管理,县市级的藏书。

新将领的志趣

《南方周末》二〇一三年八月九日在题为《大军区正职"五〇后"接棒》的报道中特别写道:"履新将领中,鲜有爱好书画者,他们的爱好、志趣与专长,关乎中国军队'寓意深远'的未来十年。"昧之再三,颇不能解,难道是说,"爱好书画"与"玩物丧志"挂钩了? 或在暗示,此后书画交易要大大缩水了哇……

稀世奇品

作家马伯庸撰文披露河北冀州冀宝斋博物馆"惊人"藏品,有尧舜时期彩瓷、商代青花、唐五彩人物纹筒瓶,雍正年金陵十二钗大缸、分公母的青花釉里红描金十二生肖、直径一米七的釉里红元代大盘,每件都可以"颠覆"中国瓷器发展史。馆主王宗泉称,该馆文物皆真品稀品,能让故宫羞愧得无地自容。

昉溪案:作伪者早已不满足于模仿,博取精萃、穿越古今、臆想创造,目无古时,何惧后人!

北岛

徐晓曾在一九八〇年代与北岛合办《今天》诗刊。日前,她接受凤凰网记者采访时说:北岛的诗带有强烈的社会批判。二十年过去了,中国整个社会没变,北岛的诗仍有魅力,仍有这么多人喜欢,仍可从中得到力量,这是我们这个社会的不幸。

陈丹青说

○ 真的美术史是什么,是一套不响的大规模淘汰。

○ 文凭是为了混饭,跟艺术没什么关系。单位用人要文凭,因为单位的第一要义是平庸。文凭是平庸的保证,他们决不会要梵高。

○ 偏爱、未知、骚动、半自觉、半生不熟,恐怕是绘画带向突破的最佳状态。

○ 艺术家是天生的,学者也天生。"天生"之意,不是指所谓"天才",而是他实在非要做这件事情,什么也拦他不住,于是一路做下来,成为他想成为的那种人。

○ 真正有效的教育是自我教育。我根本就怀疑"培养"这句话。凡·高谁培养他?齐白石谁培养他?

徐悲鸿关注媒体

据黄养辉(徐悲鸿秘书)传说:徐悲鸿在上世纪四十年代,常看报纸,如果这个星期的报纸上没出现徐悲鸿的名字,他一周都会郁郁寡欢,哪怕骂他几句也行,一定要有"出镜率"。

吴兆基的素扇

吴门派古琴大师吴兆基访问新加坡,席间,有人见其手执素扇,笑问:"吴先生从苏州来,姑苏乃书画之都,怎么拿了一把白纸扇呢?"吴笑道:"还是素扇好,您说找谁来画,找谁来写呢?"

名家

某友说:看一个画家是不是名家、名气多大、好不好卖钱,很简单,去琉璃厂看看有没有他的假画,假画多不多。

读联

尝见梁山舟书联:"古研不容留宿墨,小瓶随意插新花。"皆在一勤字,忆儿时乡人所谓人勤喜来早,读书人与渔樵农夫同为劳动人民也。

许珊琳书联云:"庭唯种竹,家有藏书。"此我所向往之生活。友人道:何不还乡种竹。答曰:难舍都市浮华。即便回了老家,何来闲地种竹啊!

雅俗之解

钱梅溪《履园丛话》论雅俗云:

> 富贵近俗,贫贱近雅。富贵而俗者,比比皆是

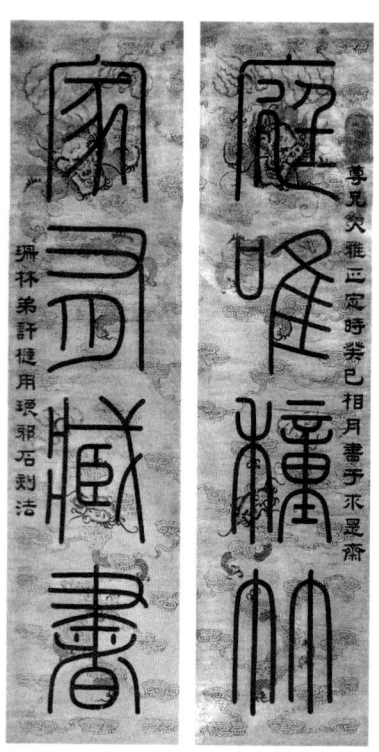

许珊枉所作对联

也;贫贱而雅者,则难其人焉。须于俗中带雅,方能处事;雅中带俗,可以资生。

堪称人生处世之妙旨也。

媚眼

国家画院向方力钧们抛媚眼并不表明主流对当代艺术的认识有所改变,而方某从来就是一个善于经营的画家,根本不是人们曾希望的所谓"公共知识分子",所以也没必要对他们要求过高。

妙造

尝见西山逸士画童子放鸢之图,青崖春树,童子作手曳绳线状,空中纸鸢翔浮,不着一线,生动之极。无线线更长,此正妙造也。

祸从口出

某东北二人转老艺人,名播三省。某日,工宣队召其欲为上面检查团演出,需唱伟人诗词。老艺人目不识丁,只能由工宣队干事一字一句教他,现学现唱。待开演,老艺人激情澎湃,唱道:

"钟山风雨起苍黄,百万雄师……"至此,突然噎住,想不起词儿来,音乐未断,口齿打转,忽又想起一抖折扇道:"……怎么能够……过大江啊……"

未等演出结束,老艺人被带走,打成了现行反革命。此长春吉剧团某老团长所言之事。

好为人师

某作书赠余,题"XX弟正"云云,浮碧词人道:此君好为人师耳!某颇不爽,驳云:"我比XX长五六岁,称弟有何不妥?"盖不知弟为对学生之谦称也。

死名

西娃说:中国人喜欢抬举死人,因为对任何活着的人赞美,无疑会给自己树立一个对手,赞美死人,还能表现自己的善爱。

容庚先生的字

许石林短信:东莞图书馆,原来请容庚先生题写馆名。后来不用容老的,用了当时的市委书记欧阳D的破字,欧阳D后来因腐败被抓起来了,他的破字也被拿下,又用了标准字。放着容庚先生的字不用,你说他们是真傻还是假傻呀?

微图

某公善作"文人画",寥寥数笔成小鸟杂花猫鱼之类,复抄古诗长题。

一小女生见之,惊呼:这不就是微信图吗?

恩师

尝见某"八〇后"画人,于画上录齐白石题画诗,称"白石恩师句"云云,或指不妥,其辩曰:没有齐白石,就没有我,我一生学画齐白石,他有恩于我,当然是我的恩师呵!

友人论书

丁大网论书,颇有见地,略录数则:

○ 近世真懂笔法者沈秋明也。近有谓白蕉胜沈者,时髦之胡说也。

○ 高二适说怀素只可悬之酒肆间是有道理的,高依大王,故有此说。高又说怀素大草千文有震荡山岳之势,此书今人多不重视。

○ 宋四家,虽三不及一也。一者,东坡也!

○ 米芾俗字。

○ 王觉斯,气杂、不纯正,犹葵花宝典之害,吾未见字之而有成者。

○ 傅青主胜王孟津在于,傅鼓荡一起,王所不能。

○ 徐青藤腕下有鬼,常人弗及!

○ 林散之小楷用大楷法,此知书也,精绝!

○ 弘一是千年来唯一楷书上可以相望魏晋的人。

酒赚

某南海大校军官说:某年,我领团驻守某岛,沈鹏主席来岛上参观。宴会上,我举起杯对主席说:"沈主席,我以这个小岛最高军事长官(团长)的名义敬您一杯!顺便说一声,我是一个书法爱好者。"说完,将一大杯(起码四两)白酒干了。沈主席说:"好海量,没想到你还是个书法爱好者啊。"

第二天早上,沈主席让助手给他送来一张四尺整张书法。

王大师

关外收藏家祖联说:京师王某大画家,常于拍场举下大名头假画(也许他不是故意的,他就是这种眼力),高挂堂上。那些崇拜他的土豪们愿加倍求其转让。王某以此渔利,不计其数。

朱家溍妙语

长安素庐主人,雅好皮黄,多年游弋梨园,富藏名伶书画。少年时尝有妻伶人之想。

朱家溍先生劝之曰:她不红,你着急;她红了,你更着急。素庐释然。

同学

京城某画家回乡举办画展,邀少年同学前来捧场。久闻同学已是当今画坛名流,彼此奔走相告,开幕仪式上踊跃而至。遂有盛大宴会。面熟耳热,画家即兴挥毫,分与各位同学,皆大欢喜。次日,大家都收到老同学短信:画每平尺若干,念旧日同窗之谊,半折可也。请将款汇入以下账号……

同学们有混得好的,也有在奔小康道上挣扎的,从未想到这一张纸片竟值这么多的钱啊,于是相互通气,最后决定,由某同学将画一齐璧还大画家。

见识

友人来访,见案上有龙纹茶盅,问:你信基督,怎么可以有龙呢? 余曰:在你看是龙,在我看只是图案。

妙方

余问袁武:有人好奇你的大块面墨中变化微妙,是否掺入什么色素之类?

袁说:你可以告诉他,有很多种中草药。

复神秘兮兮地说:其实,什么也没有,纯墨。墨和水,在不同人手里会表现出不同的效果。

名票

周幼鹤问某自称京剧"名票"者:你最喜欢谁的唱?答:李玉刚。周:明白了。

二十世纪

林鹏先生说:二十世纪是批孔的世界,康有为的世纪——《大同书》的影响之巨大很少有人关注到。

周汝昌痛诋郭大人

尝见周汝昌于郭沫若《唐人摹兰亭序》所署书名旁批注云:

> 无一字不丑,无一笔不恶,令人作呕极矣!不能忍受,不能忍受。不祥之物也!

又:旧语云佛头著粪,题名书封者往往引此以自谦,然犹是粪也,右一行字不知谁书(昉溪案:这就未免矫情也),丑极,丑极。所见恶札无以过者。试看是何笔法?是何气味?入目令人作何感想?吾与以名之焉。(昉溪案:吾虽亦不喜郭札,但何致令解味先生如此不能忍受也?学术批评不与私愤纠缠方为真学术也!)

吴小如批林散之书

尝见泾川吴小如书札,有论及林散之云:

> 如林散之者,仆以为纯盗虚声,世且以"草圣"目之。先君健在时,惟许于右任书。仆以为胡小石先生亦有功力,余人皆不拟妄评矣。(十二月十六日)

舫溪案:札中有"八十之年,目力不济"语,当在二〇〇二年时。

南田不行

"法老"尝对学生说:南田不行,白阳也不行。南田,工艺品。

选择

王鲁湘(李可染基金会秘书长)对帅好说:如果李可染看到你的这篇文章会被吓死的。他就是被吓死的!

舫溪案:帅好有《饥饿年代的中国画家》一文(发表

于《炎黄春秋》二〇一三年第七期),指出在"自然灾害"的非常年代,李可染、傅抱石等一大批中国画家用他们的画笔讴歌赞美粉饰太平,无视四处灾荒饿殍满野,为假大空摇旗呐喊。

王鲁湘说:如果这篇文章针对爱尔兰任何画家我没意见,但针对当时的中国画家我有不同意见,要考虑到当时的社会背景。

帅好:难道当时的背景不允许一个画家保持沉默吗?

昉溪案:吴藕汀先生曾说:不让我坐着吃饭,我可以站着。但,绝不跪着吃。

据说,当年,柏林墙分割了东德和西德两个世界,有东德人越过界线逃往西德。士兵开枪将其打死。后来,柏林墙被推倒,士兵被公诉审判。士兵辩解道:我开枪,不过是执行任务。法官道:开枪是你的责任,打不准是你的权利。

心手相欺,是那个年代以来中国画家的集体堕落。在傅抱石的《主席诗意册》和李可染的《万山红遍》拍出天价的时代,我们会发现,今天,艺术与政治的联姻非常自然地转化成了艺术与金钱的通奸。

说句心里话

山左中青年画家某,来京参加某画院某导师"高研班",一年期满,载誉归里,友人为之接风。

友人道:老哥画已大进吧!

画家道:说句心里话,就我们那导师,我根本就没拿他当会画画的人。一年见他三面。纯粹来傍个名头,混个说法,回头名片上也印上"××画院××工作室"研究员、助教之类,买画的人要的不就是这个名堂嘛!六万块的学费,怎么也可以赚回来吧!

不变

Y先生说:某画僧来军艺讲课,大谈绘画的造型。越七八年,又来讲课,说的仍是造型,和上一次的一模一样,七八年了还能记熟上次说的理论,佩服!

半僧

丁大网说:吾友朱半僧,吾屡荐之。当代书画界若有可以称有佛性者,唯半僧。见酒喝酒,见肉吃肉,一派天真!

卖钱与不卖钱的

倦翁寄来大作两帧,称一红花绿叶好卖钱沽酒,一墨笔痛快,你喜欢的话,留着玩。

友人道:为什么你喜欢的就是不卖钱的呢?不是成心跟钱作对吗?

品位

古人论画有云:"评画以禽鸟为下,而蜂蝶蝉虫又次之。"自齐白石以来,此标准已被颠覆,好树枝头要有鸟,好花丛中要有虫,鸟鸣虫唧,画值大增。

或云:是"鸟虫"身价提升,还是今人审美品位下降了呢?

行话

周末,友人来聚,将要开酒,保利小帅哥QK笑嘻嘻地说要退场,美人有约。

十时许,接QK微信:约会失败。照片和真人是两种感觉。

余回复:所以,必须看原作。

QK:是啊,"拍卖图录"害死人!

余复安慰:拍卖公司很多,总会有如意的,准备好子弹!

QK:养精蓄锐,蓄势待发!

友人道:全是"行话"啊!

雅贿

以名绘法书行礼,可称"雅贿"?此风由来甚久。清初,康熙寿诞,刑部尚书王士禛呈以王诜画,皇上大悦。王记此于《香祖笔记》:

余家藏宋王晋卿《烟江叠嶂图》长卷,后有米元章书东坡长句。康熙癸未三月万寿节,九卿皆进古书、书画为寿,此卷蒙纳入内府。传旨云:"向来进御,凡画概无收者,此卷画后米字甚佳,故特纳之,仍谕知。"

皇上生日,九卿贺礼,渔洋独以宋画进呈,也算"雅人"、"雅事"。皇上收了名画却要矫情"向来进御,凡画概无收者",不收画当然不等于拒收红包。因此画卷后有米芾字,所以才"纳之",王渔洋这回马屁拍得恰好,皇上收了画,又谕示恩宠,故记在笔记之中,以传千秋,仿佛也在告诉今天的人们:今年送礼送什么,要送就送名家画……哈!

启功不打假

赵榆说:某年和启(功)先生在琉璃厂,我说:启先生,你知道吗?这里有你成沓成捆的假字哦!启先生说:真是很惭愧,他们写得都比我好!不过,只要他们不写反党的话,我不会打假。如果他们要写反党的话,陷害我,我一定会告他们!

折磨人的问题

友人微信：

爱情过去，我们剩下了婚姻；

革命过去，我们剩下了政治；

诗过去了之后，我们剩下的是诗坛……还有书坛画坛……

一种精神的创造力过去了的时候，剩下的可以说是一具尸骸。那么这个时候怎么办？

书协领导

火山发来微信：我们江苏省书协"尘埃落定"了，纠结多少年，尉天池总算可以卸任主席，做"太上皇"（名誉主席），孙晓云如愿（你可以理解民愿嘛）当上主席，女主席是不是很适合江南情怀啊！关键是弄出个新名堂，言恭达戴了个"艺术总监"之巨冕，这不是文化公司的搞法嘛！人家既是国字号书协"副总裁"，省级分会总不能没个着落吧！好了，好了，总归都是写字的，听说你老家安徽省书协也是刚换届,主席是一个大老板,人家才是真正的"董事长",倒也承了徽商传统。

又:陕西省书协某领导闻江苏省书协改选只有三名副官,说:江苏还是书法小省啊,要不要我们支援几个副主席呢?!(闻陕西省书协领导班子主席、副主席、名誉主席与副主席、正副秘书长计六十三人)

毛公鼎

敝藏陈介祺拓毛公鼎,钤簠斋诸印凡六方,朱记灿然,惜无题识。原为游寿先生旧藏,某东北文物商以其易我画因得之。尝见西泠印社所藏拓本,有津沽王襄跋记云:"陈寿卿藏器最多,当时贾人愿拓者皆有定值,为广流传。独此鼎不轻易示人。有以五十金求一拓片而不得,亦足见宝贵之物也"。

是鼎传于清道光末出土陕西岐山。曾经陈簠斋、端陶斋、袁项城递藏。内壁铸西周金文凡三十二行,计四百九十八字。周臣毛公歌功周王之物,倡优文化,由此可见一斑。清道人称:"毛公鼎为周庙堂文字,其文则尚书也,学书不学毛公鼎,犹儒生不读尚书也"。书家重之,当意不在文,而在笔意耳。

陈介祺《毛公鼎》拓本

宾翁跋吴文徵画

戊子仲夏"西泠春拍"有吾徽吴文徵《击壤图》卷,徐钝根八分书引首三字,文徵同邑黄宾虹跋云:

> 歙西溪南吴氏清鉴堂庋藏宋元人书画真迹极丰富,江浙士夫谈风雅者,如顽仙庐、玄赏斋最为称契,新安画家取法亦最高。南荛先生当乾嘉中以画名公卿间,游迹甚广,山水法元四家,笔苍墨润,不为时习所囿,间涉人物、花卉,力追北宋。此卷摹击壤图,观其精到处,不减罗两峰、蔡松原,是由书工分隶行草,通澈旨趣,不以貌肖为能事己也。乙酉初春黄宾虹。

尚有陆和九(一八八四——一九五八)跋诗。陆名开钧,号墨庵。湖北沔阳人。

王献唐跋张菊生画

张士保,字菊如,山东掖县人。尝见其画《风柳鸣蝉》团扇,笔意简劲,雅逸高古。菊如画中之罕见也。题诗云:"蝉洁莫争鸣,人高莫近名。名名实乃亏,争鸣音不

清。是以君子心,泊然安素贞。"边有王献唐跋:

> 张菊如画传世颇伙,所见数十百幅,无如此笺精妙。战前廿金收之,儿子顷从青岛寄来,展阅慨然。时史嗜古,动称宋元,犹谈诗必推李杜也。宋元一笺之值,今亦不过战前廿金以上,较其画笔,彼此正堪伯仲,价亦未为昂也。
>
> 传世六朝唐宋画无逸品,宋末之赵子固稍稍近矣,元代云林子逸而尚有所拘,必于明清高士中求之,然如清代八大诸高士间流于怪,时史沾沾喜之,何耶?舍名而求实,菊如此笺堪称逸品,世有解人,期旦暮遇之。非所论于菊如他画也。癸巳五月廿日三家村人坐雨写记。

王氏所论,深获我心,今人张口石涛,闭口八大,流习泛滥,一派江湖。忆宾翁所言:石涛、八大开江湖之门也。

王观堂手稿

保利秋拍见王观堂《曲录》手稿本,曲录六卷、戏曲考源一卷,凡六册。前有王自序。卷分《宋金杂剧院本部》《杂剧部》(上、下)《传奇部》(上、下)《杂剧传奇总集部》。有"王国维印"白文印,又"上海图书馆藏"和"上海图书馆退还图书章"。知为"文革"后退还文物。

一九〇八年秋成初稿二卷并序,隔年五月成四卷并增写序文,辑录曲目三千一百七十八种。堪为观堂遗墨之珍品。余力举未得,据闻为京城某藏书家所得。价一百六十八万。此二〇〇八年事。

竹垞审定南宋拓本十三行

京师泰和嘉成秋拍有《十三行精拓》小卷。吾皖贵池刘世珩旧藏。卷首刘题签曰:"朱竹垞旧藏王铁夫曹墨琴临藏光绪丙午冬重装,刘世珩记于京师"。钱梅溪泳隶书引首"兰亭并传"识:"秀水朱竹垞太史审定南宋拓本,钱泳拜观并题以识眼福"。拓本钤"竹垞审定"印。后有曹贞秀女史十三行临本,侧有其夫王芑孙题记。又瞿中溶过录朱彝尊题跋并识。又刘世珩题:"光绪戊戌春应礼部试入都门贵池刘世珩葱石获藏"。又王季烈为公鲁题诗。又南陵徐乃昌篆书一行:"庚午九月九日南陵徐乃昌观"。隔水后有赵宛摹写"墨琴女史小像",此以西泠藏牙印为蓝本,(附徐乃昌旧钤本并记云:"墨琴夫人小像椭圆牙印,西泠印社藏,向年获观留钤一纸,今公鲁姻世兄以夫人临本玉版十三行相示,拜观华,即以此印附卷尾,想见夫人林下风也。庚午九月九日徐乃昌"。此纸并未付裱)像后有兰陵夫君邓邦述诗并跋。美人芳草、神仙眷侣,拂读一过,手间留香也。

赖少其哀江诗

尝见赖少其书《哀江》诗云:"练江水呜咽,鱼虾皆遭殃;工厂放毒气,何以对渐江?一九八七年五月于歙县。"可谓环境忧患之较早诗作。赖少其作为一画人,自然会从人文生态切入,发出"何以对渐江"之叹。徽州之自然,亦人文之自然。自然生态之破坏,亦是人文历史之摧毁。练水在歙县城南,东流注入渐江,即新安江中游也。

邓石如名联

尝谒西泠印社,见碑廊刻石有邓完白草书联"海为龙世界,天是鹤家乡"。犹记此联为"小莽苍苍斋"藏品。偶读陆灏《看图识字》,记此原委——

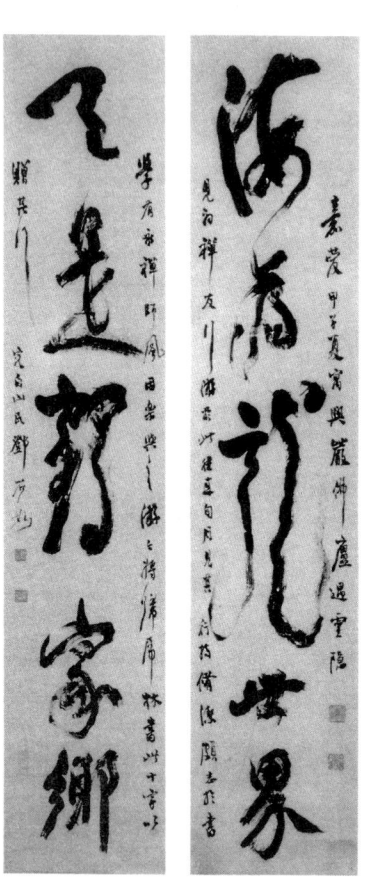

邓石如所作对联

田家英在杭州写"九评"的时候,休息时间来到西泠印社看字画,在保管员的抽屉里翻到了这副刚由上海收藏家魏荣廷捐赠的名联,大呼:"这副对联我找了好几年了,终于看到了!"同行的几位一起欣赏品评了一阵,临走时田家英要借去看看。"中央来的人,毛主席的秘书,不能不借",西泠印社的人当时这么想。不料一借十天八天没消息。保管员哭了好几次,最后印社找到省委书记,书记说,人不是走了吗?你早给我说呀,人走了,你让我上北京啊?后来康生也来到西泠印社古旧书店,谈到田家英借走的这副对联,康生说,他是应该送回来的。但一直没送回来。几年后文物出版社出版了《邓石如书法选集》,这副草书对联赫然收在书中,上面已盖了田家英私人收藏印章。

或谓收藏乃是收藏之人贪欲,故历来收藏家中不乏贪得无厌、手段卑劣之人。然终归浮生短暂,烟云过眼,昔日多少藏家之名楼已圮,文物烟散。此完白书联已由田氏后人捐归国家博物馆。有朝一日,可否落叶归根,重归西泠呢?当然,这已非吾辈庸人所可操心哉。

杜诗

清华大学杜鹏飞发来"俚句"数则,其一云:
莫言获奖可销魂,空巷争观乳与臀。
华夏书香三千载,君是个中第几人?

昉溪案:莫言著有《丰乳肥臀》。据说近日他的某本签名书网拍已至十几万元。

苏雪林论画

偶读苏雪林《山窗读画记》,有云:

> 古人作画取景极多变化,今人则如一个模子倒出。科学固然随时代进化,艺术文学之事却未必一定后来居上,这可证明了。

> 专去卖弄那"文人画"、"写意画"的玩意儿;又与自然隔绝,一味以模仿古人作品为能事。模仿的画好像八股中的"赋得诗",自然要堕落到陈陈相因,了无新意的途径上去了。

> 古人作画讲究大结构,如上所举李龙眠、董源长

卷,元气淋漓,魄力磅礴,富有艺术上"伟大"、"雄厚"、"庄严"、"崇高"诸优点。相对之顷,如聆金钟大镛之镗鞳,如见万马列阵之堂堂,如仰崇城巨墉之屹立,如临宗庙殿堂之肃穆,令人耳目发皇,精神壮旺。这才可以象征一个大艺术家的力量,一个拥有数千年文物历史民族的心灵。后代画家不知为什么思想日益局促,气象日益凋耗,这类"大手笔",便不容易见到了。所以清代平金川等历史画只好假手于那位西洋教士郎世宁,而近代以政府的力量也奖励不出一幅可观的史迹画。近来一些自命名家的艺人只知画一匹骨瘦如柴的老马,一只哈巴狗似的狮子,几匹雏鸡,几条小鱼,而且鲁莽决裂,古法扫地,自美其名曰"解放",曰"艺术的反叛",还要一次两次到外国陈列去,使那些没有见过中国精品的西洋人以为中国画原来如此,我真想替中国真正艺术叫冤了。

昉溪案:苏雪林这篇文章写于一九三五年,较之"中国画穷途末路"要早五十多年,苏先生不是"专业理论家",但比那些人云亦云空乏套话的"理论"们要深刻得多,针砭时弊,批评名流,刀刀见血,直指命门。

三天一大黑

青年书家F2说,书坛有"三天一大黑"传说,三天者:中州陈天然,海上韩天衡,白下尉天池。一大者:长安吴三大。盖其书风皆以粗黑重口味见长。

爱纸(一)

长安公子说,友人曾得石鲁旧制册叶一本,欲集长安名家画,首请王子武开笔。明日再赴王寓取之,王说:昨夜画了一开,欲觉过瘾,一发不可收,一本被我画完了。友人面露愠色:哎呀,我已约好某某某某,要做一本长安集锦啊!王说:我找出一本素册,不比这本差,送给你吧!

惜之画人爱纸,非今人画人可以想见也。

爱纸(二)

吾师石谷风先生珍藏名笺甚丰。某年云间白蕉来访,见所藏旧制发笺,爱不释手,索得一帧。未久,先生自沪寄回书法一卷,乃以所得发笺裁作小卷,行书兰花诗若干。附札云:真是好纸,我过瘾了,当应归还。风致如此。

假票

丘挺说,在"国美"上学的时候,有一年,崔健来杭州演出,没票。版画系的同学便做了很多假票——那时候的演出票不像今天这么花哨,只是简单的套色。开演的那天,挤满了人,小半都是我们学校做的假票,浙大、杭大的同学也有不少用我们的假票进了场,这已成为我们年代难忘的记忆!后来,"国美"校庆,还特地请崔健来演出。

十万个为什么

小学时,老师教我们多读课外书,并列了一些书目,让同学们分别去买,可以交流阅读。同学小华选中《十万个为什么》,便找老爸要钱。老爸说把课本念好就行,买那些没用的书有什么用?

小华说:老师让买的!

他爸跑来问我,是不是老师让买的?

我说:是!

他爸说:《十万个为什么》是干吗的?

我说:是告诉我们很多知识的。比如说:人为什么要吃饭?

他爸说:奶奶的,人不能吃饭不死了吗?尽说这没用的话,不买!

摆架子

尝见津沽霍大师于炎黄艺术馆出席某画展开幕式,及步出展厅,前呼后拥,大师自始至终表情如一,目不斜视,步履轻盈,作端庄儒雅状,有少年为之导其路,女子为之披衣衫。友人道:大师风度也!

忽忆曾湘乡有云:"阔人不能不摆架,但勿过分,令人欲哕。寒士不能不求人,亦勿过分,全丧气股。"(见陈乃乾《曾文正公语录》)世风日下,人心不古了也!

巨联

梁溪惠永东君,收藏两米以上楹联,已近两百副之多,若伊汀洲、杨邻苏、蒲作英、王梦楼、陈兰甫等,尺幅之巨大,书法之奇,洵为罕见。永东君称之曰:巨联。堪称书史之奇葩也。

宋文治

宋文治作书,无论楹帖,腕皆不离纸。

张充和

张充和先生说:我作诗好比随地吐痰,随写随丢,无心存稿。

吴良镛

吴良镛先生晚年耽情书事,称曾经"志于道",今将"游于艺"。

启功

启功先生将逊书协主席之位,有欲竞争者前来求其推举,启先生说:我说了不算,要听党的话。后来,邵宇上任。有不平者质之先生:您老怎么会同意他做主席呢?他会写字吗?启先生说,我不同意有用吗?您说,航空工业部部长会开飞机吗?

作画景界

偶谈吴雨苍《白茆山中漫记》有云:

余作画大都在如此景界里:

遇有满肚皮怨愤交集无处发泄,便作画,下笔仿佛上战场冲锋厮杀,必使水与墨搅得痛快淋漓,全是许多眼泪鼻涕,不问荆关也。

有时一人闲极静极,胸中平平淡淡,无一毫思虑。于是写一些小树小山小桥小亭,非倪非黄,不着一点墨痕笔迹,飘飘然,不知我在写画,画在写我,但觉我心中有一幅画,画中也有一个我。

又或朝朝暮暮,风风雨雨,一人斗室枯坐,不胜苦寒,取暖酒一壶,剥丁香豆,涂老梅一枝,且饮且看,顷刻耳热面赭,春意满室矣。至若艳阳天气,开窗卷帘,扫地焚香,盛清水一盂,细细研墨,洗大小画笔,写山山水水,简则云林,繁则山樵,奇则大痴,偶骋怀与古人游览,亦不负此良辰美景。

舫溪案:古人用心于画,固能忘之情,得之趣;今人多为画外所累,笔笔用于心事,怎知作画景界之在焉!

画僧

友告之,某画僧已还俗,入国家画院了。

余曰:彼何曾脱俗?!

书斋

文人雅好为居室取名,所谓某某斋、轩、庵、庐、草堂、精舍云云,以寄托情怀,或非实有耳。友某尝致余一札,末称"于没有书屋",风致如此。

相传文徵明有一友人,酷爱楼居,而无力营造,文氏因为绘《神楼图》以寄意。又尝谓吾之楼阁,都于纸上架起,这样说来,其所居的"停云馆"、"玉兰堂"等等,究竟有没有,恐怕还成问题呢?(见郑秉珊《印文琐话》)

所谓文人风流,艺苑佳话,不必求其实,更在其心志耳。

借书

读书人惜书,因恶借书之人,尤借书不还者。尝于友人处见其书柜上贴一纸条,"借书等于强盗",虽言之有过,恐怕也是曾经受了借书的伤害,不得已之言。在我的印象中,被他人借去书籍,大半未还,归者八九已面目全非,也是极为窝火的事。

偶读旧文,古人厌恶借书亦是刻骨铭心。唐人杜暹藏书万卷,尝于所藏书后题字曰:"清俸写来手自校,子孙读之知圣教。鬻及借人为不孝"。(见《清波杂志》)可见古人惜书之深情。又四部丛刊中有某书,底页钤一印曰:"卖衣买书志亦迂,爱护不异随候珠。有假不还遭神诛,子孙鬻之何其愚?"恶诅如此,定有难言之痛。清人钱大昕尝言:"借为不孝,过矣。然世固有三等人不可借。不还,一也;污损,二也;妄致,三也。守先人之手泽,择其人而借之,则贤子孙之事也。"(《十驾斋养新录》)所说颇为允当。

快意斋忆旧

快意斋主吴悦石忆旧云:

(上世纪)五十年代,我帮王(铸九)先生送画去荣宝斋,一个月后,再送去一幅将前面的替回,从来就没卖出过一张。那个年代,大家都苦,哪像今天的画家,土豪多啊!

记得王先生当年买宣纸,都是几张,十张的买,遇到展览什么的才舍得用,平时什么劣纸都用,夹江纸、擦腚纸……哪像今天的画家成箱地搬。大笔一挥,坏了,一团,扔了。

好办法

清人阮葵生《茶余客话》卷十一有《文人好名》曰:

> 查夏重、姜西溟、唐东江、汤西崖、宫恕堂、史蕉饮,在辇下与同志为文酒之会,尝谓吾辈将来人各有集,传不传未可知。惟彼此牵缀姓氏于诸集,百年以后,一人传而皆传矣。

文人好名由来有之,然终究以诗文求之。今人好名,多求之功外,以位高名显欲求不朽,呜呼哀哉!

土豪金

清人阮葵生《茶余客话》卷十九记倪元璐耍阔之故事,曰:

> 倪鸿宝在里门颇治园亭,以方于鲁、程君房墨调朱砂,涂塈墙壁门窗。门生鲁元宠为徽州推官,多藏墨,先生索之,间数日又索,元宠曰:"先生染翰虽多,亦不应如是之速。"既而知之,曰:"吾所用奉先生者,皆为名品也,亦可惜乎?"

真土豪金也!

内·外

友人问范大师,你怎么可以说"外靠奸商,内靠官僚"这句话呢?范道:其实是亚公(明)说的,他调侃我"外靠奸商,内靠官僚"。顺水推舟,变成我的话了。

据说,黄大师曾向上头打报告就此"悖谬"之词,"弹劲"范大师。

魏晋风度

（一）

王子敬语谢公："公故潇洒。"谢曰："身不潇洒。君道身最得，身正自调畅。"（《世说新语·赏誉第八》）

今人每叹身不由己，盖不能"身正"哉？何为自由，自非为所欲为，可以不欲为则可不为者，其潇洒也。官僚开应酬会；老板喝应酬酒，画家画应酬画，作家写应酬文，"身不潇洒"是也！

（二）

夏侯太初尝倚柱作书。时大雨，霹雳破所倚柱，衣服焦然，神色无变，书亦如故。宾客左右，皆宕荡不得住。（《世说新语·雅量第云》）

至此忘我之境，有病！

（三）

王子猷、子敬曾俱坐一室，上忽发火。子猷遽走避，不惶取屐；子敬神色恬然，徐唤左右，扶凭而去，不异平

常。世以此定二王神宇。(《世说新语·雅量第云》)

后世皆称子猷之淡定,余确更喜子敬正常之人也。

"右派"

韩羽先生回忆往事:

流沙河被打成"右派",我在想,这么著名的诗人怎么会打成"右派"呢?他一定是一位老诗人,老封建什么的,一查资料,才二十多岁,心里有点怕,我那时也二十多岁,会不会哪天也……又一想,我是个农村出来的孩子,无产阶级,根正苗红。再一看,他也是农民的孩子,吓坏了。再后来,我们办公室桌子对面的××比我还小,有一天,突然被宣布打成"右派",真的怕了,一种让你无所适从的莫名恐惧笼罩着那个年代。

审美

墨墨说:许勇先生讲,年轻时把女性分为好看与不好看的;中年分成年轻与不年轻;老了,只要是女人就是好的。

文怀沙

（一）

文怀沙说,某日去给昌鹤亭(广生)夫子请安(文称为鹤老门人),先生训斥我,好色狎游逛窑子,喋喋不休。过一会,师母从屋里出来,对我说:你不要在意,先生不是在骂你,是在说他自己正经。

（二）

文怀沙晚年患目疾,治愈后,对学生说:我以前看的那么多美女,这回才豁然明白,原来一点也不美。

（三）

陈宇说:文老来北大给我们讲课,中间一排坐的是女生,上半节课文老一直盯着中间看。课间休息,文老拄着拐杖走下讲台,指着女生说:你们还不赶快同老师合影吗?下半节,他不再谈书法文化,话锋一转,全讲美女韵事。

（四）

某日,津沽友人说:一百零四岁的文怀沙,摸着我的一个小妹的手说:有个人要是看到你,他肯定疯了,他就是郭××。可是他死了,而我还活着!

又称:何称英雄美人,才子佳人?因为美人都爱下半身,佳人都爱上半身。看君既是美人又是佳人。

(五)

文怀沙一九九七年十月九日致方丹信略云:

> 傅抱石有一闲章曰"郭沫若门下走狗"。足见傅对郭极为倾倒。当我与傅发生矛盾,郭总是袒护傅。傅画屈原,脸面太肥,脸蛋下垂。郭赞傅画,嘲笑我,我被郭激怒,所以勉力画了一幅工笔屈原画,连郭、傅都为之震惊,所以郭为我题了一首十四句的五古,相当精彩,我将他的手迹制版印在书上。

> 我的原画,许多大师级的朋友都拍手,可惜被红卫兵撕毁了。

昉溪案:文老此信所披露之信息可谓闻所未闻也。傅抱石的这枚闲章不知尚存否?或钤于傅氏某画。尤文老之大作"工笔屈原像"及郭氏"赞诗"当可为画苑之奇宝,然文老笔锋一转"被红卫兵撕了",可惜啊!这或许便是文老的高妙之处吧!

周有光

有人问周有光:身体好吗?
周说:好得不得了!

写生

柯文辉说:刘海粟和徐悲鸿有一个共同的依赖外形的"写生"爱好。其实不只是爱好,刘海粟九十岁要上黄山,并非作秀,他确实离不开那个玩意——外形。

刘、黄失和

柯文辉说:刘海粟七上黄山,适黄胄也在山上。刘去看黄,黄却未回访。他们有"一箭之仇"。铁托来华访问,上头让黄胄画一幅老鹰作为礼物,外交部又让刘海粟画了一幅老鹰。黄胄以为老师与他争风头。

传世之难

魏叔子尝言:"天下文章,汗牛充栋,如金、锡、木、石,投之洪炉,消烁灰烬,存者固少。此无他,其中本无所有;而其有者,杂之浮脆冗肿之中,亦复不足自存故也。"(与徐伯调手简)

每读斯言,唏嘘不已。今之作文作画者一心欲传之于世,何其难也。

农民

《深圳商报》许石林说:在中国,真正有文化的是农民。越是老农民越有文化,我是很怕他们的。他们有一种品性:凡是话,尽量不说得漂亮,言语稍漂亮就自然流露着羞涩甚至羞耻。

骂是惦记

崔大师每与客闲聊皆大骂范大师。我说:范大师真得感谢你,总惦记着他。偶于友人微信见余光中与李敖故事,可谓"异曲同工"。

有人问余光中:李敖天天找你茬,你却从不回应,这是为什么呢?余沉吟片刻答:天天骂我,说明他的生活不能没有我,而我不搭理,证明我的生活可以没有他。

社会

许石林说:

陕西皮影老艺人几年前对我讲:最好的社会就是老虎杠子鸡虫!

住手

老贾说:有一年在拍场上,身边有一位北方人,竞拍四屏齐白石,一路狂举,已到六百多万了,我忍不住转身按住哥们的手,"不能再举了!"他诧异地看着我,"我们好像不认识啊!"

我说,"我不能见死不救啊,哥们!"

黄土画派传奇

刘文西高举"黄土画派"大旗帜,以"根植黄土"、"为工农兵服务"为理想。每年春节开展"黄土画派"走下乡活动。每到一地,地方政府和企业家组织老少队伍夹道欢迎这位"黄土画派"领袖和他的队伍。近些年,为了配合黄土画风,地方组织者专门为娃子们定做当年的土布衣装,老大爷们则找出旧时羊皮袄、头巾,装扮成陕北人民的原始形象。当刘领袖从大街上走过,两边的欢迎群众显得非常热烈,学生们高呼口号:"刘爷爷好!"老大爷们也不知道叫啥,便跟着高呼:"刘爷爷好!"刘领袖走在前面,后面的徒弟们高举着横幅,一派喜气洋洋的革命景象。据说,这样的"行为艺术"已搞了二三十次。

边缘人语

《边缘人语》是二〇〇一年以来《边缘·艺术》"编辑档案"之部分文字。这些零散的文字不足成文,弃之亦可惜,一如"日志",凡有趣之事,随手记录,并与读者互动,不拘一格,今日看来,实为"前博客"之版本。

二〇〇一年

○ 十月六日许宏泉在海上请程多多审定《程十髪画集》校样,请其标明画作尺寸。程说:"勿要尺寸,作假画的正好照葫芦画瓢了。"

○ 柯文辉论吴藕汀:

"先生晚生了两百年,也许,早生了两百年。"

○ 黄永玉称曾在友人(雕塑家郑可)处见到徐悲鸿旅法时的一张名片,上写着:

巴黎落拓画家　　徐悲鸿

○ 冰雪画家于志学的画室贴着一张"作息表":

6:00 起床

7:30 学术思考

9:30 打太极拳

10:00 作画

13:30 记日记

15:00 作画

19:00 看《新闻联播》

20:00 学术讨论

21:00 作画

23:00 就寝

- 每天必须作画二小时以上
- 每天必须锻炼身体三十分钟
- 每天必须思考美术理论问题一小时
- 每周至少记日记三天

○ 陈传席客居融斋,夜与任我行谈刘海粟轶闻,彼手舞足蹈:"刘海票……"案:数年前,任客居黄山西海饭店,店前有一石牌为刘海粟所题。某日,一游客小姐站立石牌前对男友说:就在刘海票这里照吧。"刘海票",任觉有趣,从此尊"粟"为"票"也。未料不胫而走,风弥画坛。连这位美术史专家从此亦私下"票"了起来。

二〇〇二年

○ 诗人车前子说,前几天在北师大诗歌朗诵会上,那帮极具优越感的大学生说,你们这帮现代诗人是流氓、痞子!于是,大家争执不休,好不热闹。一会儿,只见一位老教授手持宝剑跳到台上,口中念念有词,听不清爽,估计也就是"流氓垃圾"之类,看那势头,一副要降魔捉妖的道貌岸然,后来也不见拿宝剑者的下文,有可能又是一个"行为"。

○ 河北教育出版社"中国名画家丛书"组稿,《徐悲鸿》卷原定刘骁纯撰写,刘说有很多新的想法,待与廖夫人商用徐氏图片时,她说,我一定要审稿。刘旋辞撰。后来与南师大陈传席联系,陈答应他来写,并说,我写,廖静文不会要审稿,我写过,已在台湾出版。

○ 任我行作客二刚午梦斋,适朱新建来访,朱对任说,如果出版放开,我要办刊物,就办一本《色情漫画》,这"色情"和"肉欲"本是分开的。三十年代,周作人、胡适、林语堂、刘半农这些北大的名牌教授,办了本《歌谣》杂志,第一期上登了三条征稿声明,第一条:我们征集各种民谣,不包括猥亵、淫秽的;第二期变成了"包括……";第三期变成"尤欢迎……"为什么?因为他们从来稿中发现,最好的、最生动的、最有意思的便是这些带色的。记得一则刘半农整理的民谣,很有趣:"大姐走路俏俏的,两个奶子翘翘的;有心上前摸一把,心儿却是跳跳的。"朱随即兴画一图,并录之于其上。

○ 某日,任我行在火车上收到《水墨》丛刊编辑徐冬青一则短消息:刚才听见电台小姐念出"刘海栗",与《边缘·艺术》上所称"刘海票"有异曲同工之妙。

○《计算机世界》杂志的老板说,某年,一个东北黑龙江的订户一下子订了他们五万份,编辑部的上上下下十分激动。一致要求我们领导亲自去一趟东北与这位"知音"订户交流交流。待我们历尽千山万水到了那里,一看,原来是家小造纸厂,将《计算机世界》直接下厂打成纸浆,说这纸浆质量高。明知如此,还只能按订单照常供

朱新建作品

货,让他们去打"优质纸浆"。噢,强调一下:《计算机世界》杂志大八开,《人民日报》那么大,一百多页,定价四毛。

○ 某年,"石虎作品展"在郑州河南省博物院开幕。研讨会上,理论界各路大腕聚集一堂,纷纷发言,高潮迭起。突然,一中年妇女站了起来,神情激动,忽而严肃,声音颤抖:石老师,我就是喜欢你的画,你也不要问为啥。我儿子当兵,我是军属!你画得很像,看完你的画展,我最大的感受是让我回想起了我当年的身材。

○ "一了作品展"上议论者各有见地:

我看一了的创作就是妓女脱光了衣服在大街上跑……

——一个大胡子书法家说

操!字还可以这么写!

——一个五十多岁的参观者在中国美术馆掏出中国书协会员证冲着一了说。

○ 据友告知,韩羽先生是"恐迷"。(恐:恐怖片也)一般每晚能连看几碟,夜深而不知倦。某夜,老伴独自无聊,壮胆凑来想看看究竟,未料吓出一身冷汗,遂致数夜不能安睡。后凡与人谈及此事,仍觉心儿直跳,絮絮叨叨叫苦不迭。……韩先生来京访友,客居友人处,竟日闭门,蹲在屋里独自儿放着VCD,夜愈深精神愈振;几天过去,已将友人家藏的碟片,扫了个通关。某晚,悄悄地问友人:你的这些片子真没劲,能不能弄几盘"带色的"瞧瞧。

○ 三月八日,方向来访,说:现在那些要画的人真是可怕!名堂很多,防不胜防,我叔叔(方楚雄)就领教过一次。有一天,来了一个"换画"的,带着一张豹皮。我叔叔虽然画动物,喜欢动物,但觉得家里放一张豹皮总不好,太煞风景。那人见我叔叔不想要,便说:方先生不喜欢就算了,豹皮就暂留在您这儿,我要到乡下去,过几天来取。那人走后,我叔叔心里老犯嘀咕,这豹子是国家保护动物,这家伙说不定就是个偷猎者呢。天天盼着他来取走。过了很久,来了一个人自称是某某的同乡,要将豹皮拿走。我叔叔心想,早该拿走,总算了却一桩心事。又过几天,留豹皮的那个人来了,说要取豹皮。叔叔说豹皮让你朋友取走了,叫某某。来人"噗通"一声跪倒在地:哎呀,哪是我的朋友嘛!是个骗子啊!竟嚎啕大哭起来。最后,我叔叔只得给他画一张四尺的豹子才将此事摆平。

这事还没完。过几天,汕头老家有人打电话给我叔,说买到一张他刚画的一幅豹子,画贩子说是用豹皮和你换来的,不知真假。我叔叔便说了前几天的事。那人便放心买下,过些日,那人仍不放心将"豹子"带来让我叔叔看看,果然,竟是张假的,原来那家伙拿到那张画后,马上找人仿了几张,倒到汕头的就是其中之一。真家伙还在他手里,不知他"克隆"出多少只豹子。

○ 黄永玉说:某年,苗子、郁风从澳洲回来,广游名山大川,每到一地,胃纳大开,专吃美味。某日,告诉我吃坏了,又吐又泻。我戏作一联送给他们:

重游旧南北;

专呕好东西。

○ 收到黄永厚先生信(先生文字总是充满哲理):

赖少其的画(病床上的),上帝帮他排除了意识形态的愚弄,虽然晚了也少了,他还是有福的了。"清醒"如我辈,还不知哪天(有没有希望)走出泥淖。艺术这玩意儿就不凭嘴硬,真莫奈其何。评论家一时找不到相应的说词这就对了,它应了马克思那句:"一件好的艺术品培养了一代欣赏艺术的公众。"而往往是它配好的艺术吗?掉头走了。一般地说,教我伤心的是对我们不习惯的艺术火星已经萎缩了兴奋器官,老远碰上这号人我就加大步伐逃开,认输。

○ 香港大学万青力六月十三日来信:

借助贵刊(《边缘·艺术》)特别视野,得以一窥当今祖国都会艺术界之多姿多彩,热闹非凡,颇增见义。香港难得见到内地艺术刊物,相信你必有超凡热诚,也经历过许多苦衷。《编辑档案》文字简约有情,比某些名人文章更可读。

中国沿海城市,自十五世纪中期,开始逐渐进入商业社会。一九四九年后有三十年左右中断时期。近十年商业社会卷土重来,一时如沙尘暴,势不可挡。商业发达,有益国强民富,于学术、艺文则必有冲突。士习败坏,鸿儒退隐;江湖动荡,术士嚣张;才子吹牛,痞风横行;僧人酿酒,妓女卖文;官宦贪婪,贫富悬殊。此为十七世纪初至十八世纪金陵、扬州繁华景象,有史为鉴。

今日某些流行"国画"画风,吾友称之"类同消化不良之排泄物"。余以为,此非画家之过也,或许肠胃尚不适应汉堡包、可口可乐也。

○《书与画》杂志第五期刊发一组关于陈、刘、徐"三人谈"的各家言论,任我行也应约作发言如下:

"三人谈"好像三员老少师傅在谈木工活儿,有棱有角。陈佩秋先生等对当下的艺术现状的忧虑意识倒是确能引发人们诸多的思考,但"对话"以"写意画"的末流而不屑"写意",确实有点书生意气。任何一个画派任何一个画种都有其上流和末流,极力倡导宋人的"敬业精神"应该说是具有一定积极意义。倘若转换"对话"对"写意"的非难,而以"规整画"(这无疑是个伪命题)的末流质之其倡导的"规整画"的理想呢?举目所见,当下那些所谓"新院体"的伪宋人画风,柔靡、媚雅、矫情,描抹制作的"类工艺"过程几乎丧失了笔墨的灵性,与宋人的骨韵何止天壤之别。再说,赵老昏君对绘画所谓的"敬业精神",斤斤于刻画,连孔雀的抬足先后都要计较得那么彻底,不惜付出亡国的代价。倘若肤浅者以此用心刻画而为艺术之至高境界,可能同样成为"规整画"的末流。"写意"的审美理想在梁楷、徐渭、八大的艺术世界里,恰与中国传统的美学精神相表里。而今人谈"写意"最高不过"扬州八怪"之末流,如果因此而非难"写意",难免浅薄。

陈先生以为创新"不仅是新的、个性的,而且是美的、较难的",可谓针砭时弊。当下动辄举起"笔墨随时代"幌子,刻意创"新",极力设计"图式",大量的制作效果无疑是对性情的压抑。那些不屑笔墨,一片狼藉,以丑为美者,都是"创新"惹的祸。

"对话"以"规整画"强调当代绘画审美趣味取向之高古正气,无疑具有一定的现实意义。但事实上,审美格调堕落,根源并非"规整"或不"规整",在今人在行为里不管你是哪一代哪一朝的传统,不管你多"规整",立马叫你"时尚"。我们失去的已不是什么"规整"问题,中国传统的笔墨,在今人的画中已很难找到,而西方的,我们又理解了多少?可怕的是,今人一谈创新,马上就想到"反传统",想到"抛弃笔墨",而事实上大都不过弄点西方的皮毛,露点新鲜罢了。他们不要做"四王",不要做董其昌的灰孙子,却愿意做"印象派"、"现代派"大师们的奴才。

○ 据《经济日报》二〇〇二年七月五日报道:"在甘肃的定西县,就有着几十家画廊。这个地区是全国有名的贫困县,但当老百姓手里有一点闲钱时,他们就要买画。家中宁可没有电视机,但墙上一定要挂画,而且一定要挂原作。这些地方,其所需要的书画作品也有自己的特色。在定西书法作品比绘画作品好买,书法作品里字多的比字少的好买,有条件的人家每年都要换新画。"真不知"艺术家"们对此作何感想,是喜?是忧?可喜?可忧?

○ 七月二十七日魏立刚偕严欧来工作室,说:什么时候也让我上一上"样板戏",有人说我的画有点"克利"。("样板戏"欲为某些艺术家"寻亲",且并发二图,以作比较)

○ 八月八日画家周边说,我在黄山的时候,云谷山庄(酒店)老总跟我说:海老十上黄山,住在云谷。海老坐在滑竿(竹轿)上,一颠一颠的,远远看见山庄上的招牌,突然叫停下,用拐杖指前方,大声道:"谁写的?"老总说:"也是一位大师,吴作人大师写的。"刘大师梗着脖子正色道:"他算什么大师,他哪会写字。赶紧拿下来。"老总唯唯诺诺:"拿下来怎么办"?"刘大师写呗,我给你们写。"老总说"我马上叫人取下来"。"取下来不行,砸掉,我来写!"

老总说:刘大师走后,我们又把吴的牌挂了上去。山里人实在。不能不讲情谊,吴作人毕竟也是人物啊!

○ 周京新,八月十一日应邀在河南郑州天时艺术沙龙举行画展。其中大多是周名之为"水墨雕塑"的新作。展览期间周先生对记者说:我们学了好几年的素描为什么不用在创作中。我在给学生上"人体课"时说,面对人体模特儿,梁楷、石恪肯定束手无策。这就显示了素描造型的功能。

又一美术爱好者对周说,有人说周先生的水墨小鸟有点像机器鸟……周道:对,我的鸟很有意思吧,就是有点金属味。

○ 八月十二日北京李燕打来电话:我曾经在政协会上说过,"双百"是否要改一下,百家争鸣肯定要打架,改成"百家自鸣"多好;百花齐放,怎么可能,牡丹开的时候,梅花谢了,应改为"百花第放",有先有后,才能四季都有花。

○ 山东一位老板兼收藏家来访:

咱山东人真他妈的傻×,什么孔子老家,都是"瞎子"。有人说,过多少年以后,当代画家的精品都在山东,什么精品,都是垃圾。刘大为四尺对开一个人拉一只骆驼,四尺整张的拉两个。我们的眼睛只盯着头衔。赶时髦的毕竟是小商小贩的农民意识。时尚的魅力就在于能让这么聪明人自得其乐还肯掏腰包。我认识一个大画家,不是名气大,是画硬得起来。他坚决反对加入中国美协,我常对大家说,我们山东人有钱也不能傻×,不能单看名头,要看笔头!

○ 曾有美术史家传任我行一心理秘诀:当你对自己的画信心低落的时候,不妨再去看看时人的作品,你对自己的画就会有信心了;当对自己的画沾沾自喜以为了不得的时候,就该去看看古人的东西了,它会让你张狂顿消的。边小燕以为未必,因为缺乏艺术感觉的人,恰恰是看见古人的东西就自我狂妄,看见时人的东西却生向慕之心。

○ 任我行读到《画廊》第七十九期第三十九页上一段邹佩珠说的话:"可染没有画过齐老、黄老风格的作品,也没有临摹过,不是不愿意临摹,而是没有时间。要改革中国画,尤其是山水画的任务很重,再加上那时的运动很多……"

任我行作了一句批语:一心要革命,可谓自作多情;变是变了,变了又如何,此正印证李于传统入之未深,原是"革命"在作祟也。

○ 十月二十四日《边缘·艺术》编辑部一行人专程到嘉兴访问吴藕汀老人。又偕藕公同访秀州书局。在

"局长"范笑我写字桌的玻璃台板下,看到吴藕老自画像《瓦山野老意》的原迹复印件。瓦山野老者,实有其人,指吴履(一七四〇——一八〇一)。吴履有句名言叫"我看不得人,人亦看不得我",故尝作《背立图》自解。吴藕汀老人也是"我看不得人,人亦看不得我",故作此《瓦山野老意》自解。此图应《百美图》收集者包立民所作,可包立民却看不见吴画的深意,提出"可否在转身回眸点一下睛"。既"看不得人",要"点睛"做啥?!

○ 汕头郭莽园发来一纸传真:

听过这样的传说,在一次博览会上,贵州的茅台酒因相貌平平未引起关注,聪明的推销员假意失手,砸烂一瓶,顿时香气弥漫,惊煞四座,最终冠压群伦。贵州茅台酒从此驰名中外。

在那个什么都需要票证和批条的年代,我到过贵州。住了三天,千方百计想弄瓶茅台酒喝,没门。这是我这个烟茶酒爱好者到烟茶酒产地而受烟茶酒之饥的最大憾事。直到现在,每当餐桌上有茅台酒的时候,我都会想起那个即将离开贵州的晚上,在农贸市场上,与叫卖自制土酒的当地酒仙、酒虫、酒鬼混在一起,加上一大盘五香牛肉,狠狠地喝了几碗。

总算咽下一口恶气。

六七年前,画家许固令从贵州旅游回来。他滴酒不沾,有过喝半杯酒昏迷六天住院半月的记录,据说原因是酒精直奔心脏所致。对这位人类二百五十万分之一几率有幸中彩者,我刻过一方"滴酒成仙"印章予以褒奖。我正为他到酒乡且能买到好酒却无此口福深感惋惜时,他得意地说:"我见到刘知白。""谁?""一个八十岁、不出名的画家,画得真好!"我第一次记下这个名字。

有人说过,对于有些美术天才,院校可能是培养傻瓜的工厂。在美术学院出来后(刘先生一九三三年进苏州美专,那时十八岁)到七十年代,刘先生一直是在锤炼功力和恢复心性的时期。漫长的岁月,困顿与寂寞,从作品看到一个"挟持甚大"的勇者。八十年代,胸中块垒要泻泄,个人风格要确立,时代精神要兼顾。左冲右突,一种"烈士暮年壮心未已"的追求,是何等气魄,何等悲壮! 时下,在文艺清明的大背景下,一线曙光,专家垂顾,媒体宣传,亲人重视,精美堂皇的画集问世。刘先生随遇而安的人生态度,刘先生锲而不舍的艺术追求,使我激励不已。

下次,再有茅台酒的时候,我会改口说:到过贵州无缘遇到刘知白老师,是我的遗憾!

○ 北京包先生曾向《边缘·艺术》推荐浙江桐乡百岁老人岳石尘,说此公画如何如何如何。主编说:此公画我见过,与藕公不可同日而语。岂能惟老是好,这位老人好像很喜欢与岳飞攀亲,我实在不明白,舞刀的与舞笔的有什么干系? 当年有人问林散之,武中奇的书法如何,林说过"他是扛枪杆的,写字又不是舞枪。"旁边一小女孩对主编说"反动! 我们的刘副主席不也是将军的吗?"

○ 房宁在《读书》(二○○一年十一期)杂志上发表《新的未必是好的》一文,摘录如下:

在学界,求新、求异更是蔚然成风。一个"新"可以把人捧上天,一句"没有新意"又足以贬得你无地自容。强调新的意义和价值,甚至以新为真,以新为美,就失之偏颇了,可谓"过犹不及"。

俄罗斯作家索尔仁尼琴的一段话:对新奇无休止的迷恋,是二十世纪的劫难。他认为那些"对于新奇的无休无止的追求"只要"不停地革新、革新、再革新的观念,它们所掩藏的,是一种不屈不挠并且由来已久的企图:毁坏、推倒、嘲笑,并连根拔除一切伦理道德原则。没有上帝、没有真理,宇宙是一片混乱,一切都是相对的。"它们在本质是"对于一切内心生活和精神生活的根深蒂固的敌视",于是,"否定一切和否定所有的理想被视为一种勇敢的举动","毁坏成了这种桀骜不驯的主张所尊奉的最高信念"。在索尔仁尼琴看来,"迷恋新奇"除了获得"迫不及待的革新者们不绝于耳的自我赞美"之外,没有"任何有实在价值的创造"。

思想理论的创新是严肃的,社会的意识形态具有高度的稳定性,绝非主观上可以随意"发展"、"创新"的。多如牛毛的新理论、新见解,轻易的体系的创造,除了表明社会的浮躁心理外,其实没有什么实际的价值。

我们在现代化的进程中度过了一百年,难道还不应该更成熟一些吗?

案:此文疑是对"五四"以来唯新为美的肤浅弱智的学风的大反省。也可谓对"新论"作了一定评。美术界"新风"犹盛,尤幼稚者,竟至有人大言不惭:"宁可不好但要新的"。"新"本来就是骗人的东西多,皇帝的新装,不也是"新"的吗!

二〇〇三年

○ 袁运生说:前几天,我在××会上碰到了华君武先生。我说华老您好!华先生笑着说:听说你批评我了,批评好!唉,你不知道,美协工作难办啊!

袁还说:我很怀念江丰同志。江丰的身上让我感到了中国传统文人的人格魅力。他虽然也"左",但他"左"得可爱。因为他没有丝毫的私欲,完全出自内心的"左",他就是那么认为的,个人的认识问题。

○ 皮道坚近日在李世南北京画室仰山堂说:这次研讨会上,很多人认为当代绘画分三块,传统、学院、实验水墨。现在看来还是传统有发展的潜力。又说:新文人画不是真正的文人画。

○ 武汉朱振庚打电话给孟小姐:我准备画传统了。齐白石那几笔才叫艺术!

○ 一月十七日,炎黄艺术馆。郑慧闻问杨城北,听说已经评出了"十大画家",没我们黄老。你知道那"十大画家"是哪十位? 杨城北将他知道的画家报了一通:"黄宾虹、张大千、李可染、潘天寿、石鲁……"郑说,"张大千、石鲁他们应该不能算。"杨说:"关山月"。"关山月肯定算不上去"。

○ 一月二十三日晚舒小姐打来电话,刚看湖南卫视"新青年"栏目,主持人与艾未未、尹吉男、陈平谈画,陈平说,生活在现代都市里的人,渴望从大自然的景色中找到心灵慰藉,大自然中的山水能养眼。陈平说得倒很明白,但是他的作品能养清新散逸平淡沉静之眼吗?艾未未说梵高与高更的画也可说是"新文人画",这个比方倒也颇为可取,可接着他将陈平的"新文人画"与梵高等人的"新文人画"相提并论,并以为陈的画,在艺术上已达到了与梵高们一样的高度。可见艾未未对中国画究竟门外。

○ S公以沈寐叟书法扇片一叶换得范曾四字横幅书法一张,说:真划算。沈扇不过六千,范字荣宝斋标价两万八千块。

○ 浮碧先生对欧阳中石学生说:欧阳先生我喜欢。但是,每次见到他的书法我必掩眼而过,怕有损对他的美好印象。因为,他的奚派老生唱得太好了!

○ 有美国记者曾问张书旂:培养你这样的一位画家需要多少年?

张说:五千年再加我的岁数。

李世南所作《山居》系列之三

○ 李公麟《五马图》自出故宫便下落不明,有传流落日本人手中,友自美来归十月一日来访。称:此图今存宋美龄先生阁中。

○ 某日,邵戈说:你们老是关注传统画家,有什么意思。对于一个画家来说,重要的是创造,创造!三千年的历史你学的过来吗?故宫再牛逼,你再造一个还有什么意思。这玩意儿只能作为一个历史存在。每年还要花钱保护。重要的是画什么,而不是怎么画。老边一旁调侃说:画驴那玩艺就比马那玩艺好吗?

○ 四月二十日,《边缘·艺术》(二〇〇三、一)印出,恰SARS在北京肆虐,神州一片恐惧,南京小蔡打来电话:等等再寄,不要把北京的病毒寄过来了。

○ 杨彦说董欣宾以为,近百年来,只有两个半画家。黄宾虹一个,董欣宾一个,亚明半个。可是这两个半都不在了。

○ 七月五日,诗人芒克、车前子、《中国文物报》编辑某,苏州文物商店祝效平,《边缘·艺术》编辑二人等聚饮,席间有人说,曾请齐良迟鉴定齐白石的画,齐良迟说不管真假,先放六千的鉴定费,再看画,"真"六千,"不真"也六千。如果要题字的话还得另外加码。

案:不知这个段子真实与否。其实六千鉴定费收得还嫌太少了,花六千元钱赌一把算什么呢?假如是真,那还了得?因此收六千鉴定费是吓不退那些附庸风雅、买画行贿者的。

○ 侯素说:非典时期,尤其五月初几天,我站在二十一层的阳台上眺望,马路上空空荡荡,顿生莫名恐惧。先生(李世南)一个劲地画钟馗,可一想,钟馗也奈何不了这SARS呵,于是,先生给他们也画上了口罩。

○ 西安美院晁海称,我"几十年的童子功"都在我的画里面。我练过气功,一只手能把鹅卵石捏碎,这些功力都运到了我的画里。

○ 南艺刁德二来信:某日,在江苏卫视上看到北大朱青生和《美术》杂志王仲在作关于"行为艺术"的对话。王说:行为艺术不是艺术,是表演,应该划到表演杂耍一类,中国美协不能让它加入。朱说:谁要加入啦?又拿起一本大书(《艺术史》),翻到某页,说:这里面有"行为艺术"一条。我同学说:王某一副迪克牛仔的酷模样,却动不动拿"马列主义"吓人!

○ 八月三日,陈先生造访仰山堂,说,当代画家大师情结尤甚。我不是在筹编《现代绘画史》吗。某日,杨延文对我说:杨延文当代第一,近百年也是第一。范曾说:人物画近百年能和范曾比的是零。于志学说:近百年能在美术史上填补空白的就算我弄了一个冰雪山水。程某某打电话给我说:你认为当代画家谁最有潜力呢?我看只有我! 最谦虚的是刘国松,他说:二十世纪下半叶,没有我刘国松,美术史将会失去光彩。他只说下半叶。

○ 余杰说:"弄幅书法来挂挂"。夫人说:"你不是批评书法的吗?"余说"我批判的不是书法!"

○ 多晴寄来百岁老人章克标先生手书"登龙"二字小幅。章便是那《文坛登龙术》的作者,一九三三年五月章在上海以"绿杨堂"名义自费印行这部奇书,轰动文坛。数十年后,章又以百岁高龄在报端刊登一则"征婚启事",引动传媒,再度引起文坛关注,一时,章的著作也陆续出版(再版)。百岁老人无意"登龙"了一把! 重读《文坛登龙术》"解题",于今日之文坛,仍有新意:

> 登龙,倘使看作灯笼的谐音,以为目下文坛黑暗,须要用灯笼去照察,那么底下的一个术字,便要变成不可解了。先谈龙吧,龙是一种神奇的动物,称为鳞虫之长,又是龟龙麟凤的四灵之一,能兴云布雨,来头极大。登龙是可以当作乘龙解的,于是登龙

章克标墨迹

术便成了乘龙的技术,那是和骑马驾车相似类似的东西了。但平常乘龙就是女婿的意思,文坛假非女性,也不至于要招女婿,那么这样解释似乎也有引起别人误会的危险。况且龙是那么样一种神圣的动物,虽则传说中也有仙佛乘跨,但文人学士似不会有此种大本领。

于是登龙二字,是不可解了。

文坛登龙术!多响亮,又是多美好的一个名词,音节好而且看起来也好,在你心神上引起的联想又是好。我不是会想到文坛要招一个乘龙快婿吗?你不是会想到一登龙门身价百倍吗?你不是会想到龙潜于渊龙跃于天吗?不能有再好的名词了。

○ 长沙吴军来信:曾见一段关于书法的评论,可见当今所谓评论家是多么的浪漫,不妨抄录如下,好让那些继续"浪漫着"的人自省一回,要么,你有本事比这更浪漫:

主席并无心成为诗家和词家,但他的诗词却成了诗词的顶峰。主席更无心成为书法家,但他的墨迹却成了书法的顶峰。例如这首《清平乐》的墨迹而论,'黄粱'作'黄梁'无心把'梁'字简化了。'龙岩'多了一个'龙'字。'分田分地真忙'下没有句点。这就是随意挥洒的证据。然而这幅字写得多么生动,多么潇洒,多么磊落,每一个字和整个篇幅都充满豪放不羁的革命气韵。在这里给我们从事文学艺术工作的人,乃至从事任何工作的人,一个深刻的启示:那就是人的因素第一,政治工作第一,思想工作第一,抓活的思想第一。'四个第一'的原则,极其生动极其灵活地呈现在我们的眼前。

○ 梅先生十二月三日说,我也不完全拒绝各类的研讨会。不过有一点,我不会去当吹鼓手,发个红包,就廉价出卖良知,不干!牢骚照样说。现在某些评论家,给几个钱就写,就吹,和卖淫的一样。我说:画家要做广告,少不了来几句广告词。写文案当然得收钱。这叫受人钱财为人消灾。

梅:又说上回,我应邀去北大,参加"科学与艺术研究会"。何祚庥、叶朗、王岳川很多名人都到了,主要是科学家,我不熟悉。他们都提交了论文。首先是北大前任校长王某讲话,接下来每人二十分钟宣读论文。王校长说,我看西洋画很讲究光感、透视,具有一定的科学性。而中国画呢?前些日,我读完了宗白华先生的文章,谈到了

"虚空"。我看这个"虚空"总是有的。接着又有几位物理学家一边演说一边放幻灯片,大谈植物叶脉的精到和对称之美。我在发言中,首先提出"艺术"和"科学"是两个概念,西洋画重科学性,中国画则是与中国文化精神一脉相连,是精神的。下面一片掌声!我又说:离科学越远则艺术性越高!

案:"科学与艺术"是前些年一位叫李政道的科学家,凭着他和几位老艺术家的友谊和对艺术的浅薄热情所倡导的。当时李可染、华君武、张仃等人都纷纷上阵,欲将艺术"科学"一番。记得李可染先生画了两头水牛对角,题为:对撞生核子。与艺术与科学恐怕都是显于十分粗浅的层面,科学关注现实,艺术关注心灵。从诸如"科学与艺术"这样的"伪学术"命题就可见今日北大学术之堕落。事实上充满想象力的艺术反而常常激发了杰出科学家们的科学实践,但科学反而无法引导艺术的想象力。有人曾经说过,人性化的艺术是抗衡机械化的科学的最后一块阵地!科学与艺术恐怕是水火难容。

○ 某领导人视察某美院,见墙上挂有一草书轴,驻足观望时,旁边跟随着的一人,为献殷勤而念了一遍。哪知此举引此领导大为不悦。休息时,该领导将刚才那张草书写的诗,背诵了一遍。此意在证明他是懂的,有学问的。马屁拍到马腿上了。

同一故事另一版本:某人送一草书轴,又奴性地附了一张打字的释文,领导为此大为不快!这不明摆着在以为该领导不懂草书嘛。

○ 深圳许石林打来电话:最近在看郑逸梅的"书坛旧闻",哎呀,那个时候的文化人真是星光灿烂。哪像现在一些书法家,还要带一本《书家必携》,写字便成抄书,充其量是个写字匠。余白:群星璀璨,也是只见名人,不见名作呵!

○ 北京人民大学校园"第三届人大诗歌节"上,一长发诗人即兴吟诗一首,题目叫《做爱做到一半》。诗的大意:我在上面,突然停下,太累了!顺手拿起一张"日报"。其实看报纸也没什么意思,只不过想找几个错别字。

○ 近日见朋友求来黄苗子写的书斋匾额,不觉大开眼界,黄老的字确实比古人更有新意,新就新在,他写字,是先用炭条画出字形结构,再用毛笔描摹出之,又再反复修改。很是认真。真该更名叫设计书法。

二〇〇四年

○ 二月七日夜,梅墨生打来电话:对吴冠中"一百个齐白石抵不上一个鲁迅"的发言,我觉得实在不妥。

你强调艺术的人文关怀也对,但艺术也需要那么宏大的包袱吗?齐白石与鲁迅,不是一类人,不可比。就像飞机和轮船,X光科和消化科,泥瓦匠和木工,不是一类,怎么能比个高低呢?吴先生这个人实在滑稽。当然,在某些场合,他还记得住我这个小人物。我也写过吴先生的书评,收在我的第一本评论集里。我对他没什么看法。只觉得很奇怪,很多作家在拿齐白石开涮,美术界也有很多人在说齐白石的不是,我觉得不是滋味。

边白:其实可能不是比不比的问题,而是更需要什么的问题。正需要泥匠的时候,却来了十个木匠,用得着吗?而当今文化领域中又岂止十个木匠,成百上千呀,斧子不会砍,锯子不会拉,却扛着"美术官"的头衔到处走穴。

○ 某日,凤凰卫视"锵锵三人行",贫嘴窦文涛说:我有不少美术界的朋友,听他们说:书协美协都争着买官,买一个副主席要花几十万。但是,一旦当上,画价猛涨,每年的收入何止几十万啊?

○ 车前子发来伊妹儿,题为《边边白》。针对《边缘·艺术》总第九辑第十辑的部分《编辑档案》也一一"边白"了一番。

> 八月二日陈传席来访。重读吴藕汀《宋词画册》,陈以为吴画有清气,即沈周唐寅也不可比。

不知道这个怎么比?比照这么个比法,就是孟郊的诗有寒气、贾岛的诗有瘦气、元稹的诗有轻气、白居易的诗有俗气、李贺的诗有鬼气、苏轼的诗有油气、黄庭坚的诗有药气、毛泽东的诗有兵气、田纳西的诗有土包子气、郭沫若的诗有咋呼气,即李白杜甫也不可比。

比诗有点隔,那就用画家来比比。沈周的画有柴门气、唐寅的画有水井气、即青藤白阳也不可比。青藤的画有蒜头气、白阳的画有韭菜气,即八大山人石涛也不可比。八大山人的画有冷气、石涛的画有热气,即赵子昂董其昌三四个王七个星八个怪外加虚谷吴昌硕齐白石黄宾虹也不可比。

陈传席有习气,即谢赫邓椿张东谷昭明太子贡布里希这个比法当前很流行,吴冠中的"一百个齐白石也不如一个鲁迅"也是这么个比法。

　　白爽来信:八月九日 在世纪坛看《今日美术大展》,三百多人千件作品,就像个大超市,像走进了潘家园。

说像走进了潘家园真是抬举,在潘家园保不定还能捡漏。

　　郑州王书说,你们批评"河南百人集"实在是不了解河南人的做法……过去河南穷,玩不起别的,玩玩书法还不行吗?

我认识的一哥们说,我穷,嫖不起娼,看看毛片、玩玩手淫还不行吗? 问题是他看毛片时声音太响、玩手淫时动静太大,影响了邻居。

　　北京大学宁夫说:八月三十一日在海淀图书大厦听刘心武作讲座。刘说:他在北京郊外建了所别业,很少进城,因此自称"边缘人"。刘的说法,在下实在不敢苟同。据我所知,现在住在郊外的都是新贵权要,刘的说法对"边缘"二字无疑是一种亵渎。

那也不一定,现在住在郊外的还有衣冠禽兽、贪官污吏、当地农民、打工者和流窜犯。另外,"边缘"二字也没那么神圣。如果"边缘"二字真那么神圣,亵渎了才是对的。

杨彦在电话中说,……听说"人美"的头在会上说"杨彦是骗子!许宏泉是流氓!……"

在我看来,二十世纪的艺术就是骗子的艺术,因为这个世纪太自以为是,从毕加索到杨彦。二十一世纪的艺术就是流氓的艺术,因为这个世纪太自以为非,从小布什到许宏泉。看来杨彦功成名就,许宏泉前途无量。

河北金闲说,河北"十大画家晋京展"历经周折即将开进。边小宝说:我们也想评"十大画家",但并非鱼龙混杂,蟹归蟹,虾归虾,分门别类。比如:最具潜力的十大画家,最具国际性的十大画家,最具传统意义的十大画家,最有创新意识的十大画家,最具市场意识的十大画家,最具主旋律意识的十大画家,最具炒作意识的十大画家,最为批评家关注的十大画家,院派十大画家,边缘十大画家,民间十大画家等等,各就各位,决不混为一谈。

再加个最不会画画的十大画家。

北京张力维打来电话:上期《边缘·艺术》发的鹰阿小髯写的"徐邦达",被徐某个很远才扯得上的"弟子"看到,大不以为然,他以为为什么要对一个大师这样子呢？我听说了之后倒有点不解了，作者只是将"大师"真实化，又没有什么诽谤与谩骂。那个"弟子"平常可能不太读书，那文章里引陈巨来说徐邦达的话，早已在《万象》杂志上公开发表。我倒以为这鹰阿小髯对徐邦达还是太客气了，陈巨来还有许多厉害的话，他都没有引用。本来，名家大师先得要叫人可敬的品格与学养。而现在的名家大师到处都是，还形成了他们的特权，所以就应该有更多人来质疑他们。

我在什么报刊上见过一张徐渭的水墨图片，上有徐邦达的题词。我当时正要做一个"行为"，极想邀请徐邦达先生一起参加，同在故宫门口做一做：在一摞新版的一百元人民币上分别题词——诸如"此乃徐青藤之精品，传神阿堵也"等等。后来才知道徐邦达是"大师徐"，哪能随随便便邀请得到！

十一月十六日，程大利先生打电话给许宏泉：《编辑档案》中说：陈骂许是"流氓"并非事实，恐怕是别人的误传。

哈哈，那就断送了"许宏泉前途无量"的"前途"。

十一月三十一日杨林发来《买幅字挂着》一文，

开头一段说:喜欢耸人听闻的余杰,称书法是中国人的"文化摇头丸",惹得书法界内一些人很不高兴,群起而攻之。我倒认为他说的有些道理,因为他至少说对了一半,书法有精神慰藉的作用,并且事实上还真可以使人上瘾!非常具备文化消费品的特征。至于是不是精神鸦片,会不会使人中毒,从而祸国殃民,历史上和现实中并没见到有什么例证。这一点他没有拿出令人信服的证据来说清楚。

边白:赵佶迷恋"瘦金"而亡国,胡长清到处题招牌贪钱而毙命。

边边白:"摇头"好,可以预防和治疗颈椎病。如果真如此的话,就把书法划归医疗保健。中国书法家协会的主席和副主席们应该发挥更多的光与热,到同仁医院协和医院煤炭总医院去兼职。或者把中国书法家协会并入卫生部。

十二月二日,有东北黄姓画家持画册来访,说:我是国家一级美术师。……我也是冰雪山水创始人……但我的和他的不一样。他画冰雪用矾,我完全是留白。南方很多人都喜欢我的画,用矾在南方时间长了会变黄,我的不会。他肯定要进美术史的,我也要进的……我的画将来一定会有市场。我的桦树林很受欢迎。

他留白,他用矾,非洲的妓女用荧光粉——她们用荧光粉把自己的生殖器像用矾一样地留白了,在夜晚的公路两边闪闪发亮,吸引顾客。这样有创意,她们想不想进美术史?下次问问她们。

某日柯文辉先生来访,……柯说:他们以为在黄山时,见不到刘海老是我挡驾,事实上,我也做不了主。

见刘海肯定比见刘海老有意思,有意思的是或许他们以为见刘海老就是见刘海了,起码离刘海又近了一点。

十二月五日,打电话约陈丹青稿,陈说:发以前的画,啃老本,没什么意思;发后来的画,要被人骂。都在骂我腐朽,其实骂也没什么。我现在没什么激情。你们出个题目由我来写的想法倒可以。

骂人都不会骂,"腐朽"是表扬。

十二月六日,今日美术馆"流行书风第二回展"开幕。当今书法队伍中的中坚力量大都到场,独不见书协的主流人物。令人颇可调侃的是展品标牌上别出新裁的写法:创作时间;创作次数。创作次数有一次的,两次的,最多也不过三次。这倒真当佩服"流行书风"作者们在修养之功上的自我节制。搞创作嘛,三次就够了,次数多了就难免伤神。

创作一如性生活,日天日地次数地,"流行书法"好榜样,养我肾气凌人乎?

十二月二十五日陈传席打来电话,我来北京参加文化部主持的纪念毛泽东诞辰一百一十周年座谈会,我在会上说:毛泽东确实实现了自我的价值,但他是牺牲了一个国家的利益来实现这个自我价值的。全场只有我一个人说出这样的不同声音。文怀沙跑过来对我说:你说得好,我要拥抱青春。——说着,把我抱住。

"拥抱青春",文怀沙也是老江湖了。"青春"是什么?"青"是"青青河畔草","春"是"池塘生春草",反正"青春"两字不脱一个"草"字,文怀沙拥抱陈传席,在我看来就是拥抱"陈传草席"。而这个档案透露的另一个信息是中国的知识分子常常会入了所谓的"良知"这个套,并且沾沾自喜。中国知识分子的肤浅也就肤浅在这里——别以为能"说出这样的不同声音"就是能独立思考。

这篇"夹屎屁"(《边缘·艺术》总第九辑上有傅京生名《狗屁文章屎臭》，从文章中得知许石林放了个屁，傅京生放了个夹屎屁，从屁的丰富性上而言，夹屎屁比哪怕是狗屁是要丰富得多，姑且让我也学个西施或者稀屎)，用了一下午才放完。从陈传席开始，到陈传席结束，文章的经络倒是两头通的。

○ 三月六日晚，浙江范笑我打来电话：现代文学馆派二员去上海找章克标，希望他将自己的手稿捐给文学馆。按他们的条文，被征集的作家应该是作协会员，章却不是。于是去找上海作协，作协说，加入可以，但需有两个以上作协的会员做介绍人。

范说：章倒有两个作家朋友，很有名，一个叫鲁迅，一个叫林语堂。唉，这是个好主意。可转念一想，这两位也都不是作协会员。

○ 某月造访袁运生平西府工作室，墙上挂着一幅巨大的画布，袁说，是为香港城市大学画的两幅壁画之一。袁说：我有了"泼水节"的经验，事先和他们说好方案，怎么画绝对要任我自由。

○ 三月八日晚，来京参加"两会"的中国美院许江与《边缘·艺术》编委在北京某茶馆小聚，谈到《边缘·艺术》的意义和特点,许说:《边缘·艺术》既不同于现在美协、全国美展这些主流的东西——如果说它是主流的话,其实也未必;也不同于那种前卫的、反叛的、意识形态情绪的那种,而是在这两者之间寻找一种比较民间状态的、自由意识的,但是又有一些生命之问的、真实状态的第三群体的这样的一种声音。

○ 三月二十六日,上海造访张桂铭。张说,八十年代初我画《齐白石》时就开始用宿墨了。浙美有位老师问我,你这用什么东西画的,很新鲜。我就跟他讲,我这个不是用墨画的,是用黑颜色画的。黑颜色经过处理有一种"宿墨"效果。我们那时哪有什么你先我后的意识。现在争来争去的,其实,林风眠早就用过黑颜料,也不是我最先的。

○ 三月二十七日,白下造访刘二刚。刘说:我不太迁就市场。画留在我手里,比卖便宜的好。画价涨得快,换了钱,存银行利息低,还不停地贬值。

○ 白下小平说,某次有人携傅抱石画请亚明鉴定,亚题"真迹"。人走后,我对亚老说:可能靠不住。亚老说:老板的钱反正也用不完,搞点出来大家花花。

○ 四月七日,采访陈丹青,陈说了个有趣的事:里琦和杨周立开会,住一间房。半夜。里在洗手间抽烟写稿。杨以为里老是怕影响他,便说:"里老,你出来写没事。"里说,"我就在这写。"后来才知道,里原来躲在厕所内写关于杨的举报信,说中国美术馆陈列的路德维斯的画,大多数作者都是纳粹,反苏的,反苏就是反共。落款:一个十七岁入党七十二岁的老党员。

据说,检举信送到上面,领导批示:不要理会这样的人!

○ 四月十四日,造访于志学画室,对我提出冰雪山水有"工艺制作"的嫌疑,于大不以为然:你们都说我制作,我是笔笔写出来的,那种透明的效果和齐白石画虾的趣味一样,你看齐白石的虾,也不是一笔一笔弄出那个效果。为什么齐白石行我就不行?

又说:古人虽然用矾,和我不同,我是把它当作墨的调剂,这就是"发明",就是"创造"!所以陈传席认为我对美术史有贡献!

○ 四月十六日采访何家英,何说:范某说,我从来不知道什么叫谦虚,有时对着镜子想装装谦虚,一看那表情比骄傲还难看。

边白:四月十七日晨,李敖在凤凰卫视《李敖有话说》

中说,中国传统文化中一味强调谦虚,使人很虚伪,我就不谦虚。

○ 四月十八日,天津美院造访李孝萱,李激愤地说:吴冠中的画从来就没有一幅感动过我。他整天胡说八道,气死我!

○ 四月二十三日小燕来访,说:我最近参加美协的"国展"培训班,听说有两千多人报名,选五十人。请来很多画家讲课,讲如何"创作",如何"主旋律"。虽然花点学费,据说,我们可以直接选送参加全国美展的终选。

○ 青衣江畔访一壶,闻其一段掌故:成都某书家游乐山某古刹。住持白云大师是有名的方丈。此人住数日,颇适意。临行,对大师:我给您留几幅墨宝吧!大师道:哎呀,我这里庙小寺破,没地方放您的墨宝啊!当年赵朴初先生在这写了好多幅字,至今也没法挂,对不住他啊!余道:曾见一文,称"春节前收到××老、××先生敬赠书法大作……颇有同趣耳"。

○ 五月八日孔戈野来访说:某年,香港一贵宴请程十髪、韩天衡等,步入大厅,迎面墙上正挂着程的大幅巨作。韩脱口而出:这……程公赶忙一捏韩手,止住话题。一席无话。散宴后,韩问:您为何不让我说?那么假的东西？程说:人家请我们吃饭,开心;我们吃人家饭,也开心。何必扫兴?! 韩想:江湖还是老的辣!

○ 李侠说:七八年前,北京的一次提名展。中央美院的张××在自己的画前放上几箱可口可乐,观者可驻足取饮。研讨会上,张发言,批评时下一些人歪门邪道,把人物画的那么丑。大有央美教授之做派。李说,本来未轮上我发言,实在忍不住,贸然站起,道:我们这个展览本来很学术的,正因为有了张这样的破画参加一下子不学术了! 气的张面红脖子粗。会后,田陈郎都批评我冲动,要我给张道歉。田、陈还说:你这样做,张先生以为我们怂恿,毕竟是我们系主任。晚上,我去找张,说:张老师,白天我太冲动了,请你原谅。不过我说的是实话。你能原谅就是我的老师。不原谅,也没办法。

○ 吴门江野说:一九九八年三月,偕友人访吴养木。吴说,黄宾虹不会画画的,我看不懂。乱画! 这怎么是画呢?

竹苑一客插话:还有另一个版本。吴养木说,黄宾虹不像我们是科班出身,他不会画画的。吴湖帆才是科班会画画。我与程十髪、陆俨少都是同辈,差不多的,所以我的画价应该跟他们是一样的。

竹苑二客跟进：他的画比起时风来是不错的，笔墨功夫还是好的。另外，他个人的视觉经验与审美习惯都不接受黄宾虹，所以他说看不懂黄画，并认为黄不会画画是出于诚实的。以个人喜好而言，他完全有这样的权利。现在几乎所有画画的人都说黄宾虹怎么好，其实有些人也看不懂心里也不喜欢，但他们惟恐说出来了会被人讥笑而随声附和，赶时髦。相比之下吴倒反而有个性了。

竹苑三客总结：但他毕竟守不住自吴伯滔、吴待秋的家业！

○ 五月二日，方向说，北京有位策展人说要筹划一个大型展览，问我要高奇峰的电话。我一时没反应过来，说：我也不太清楚。

○ 五月二十一日陈平正色道：市场是严肃的，是朋友，他会维护你的市场，而不会去破坏它，讨价还价，便是生意。

○ 五月二十二日乔先生来访，愤愤说：我再也不出大画册了。前些日去南方参加一个学术提名展，画展研讨会上，很多画家都带着八大开的画册发送，我只印了一个小折页，不好意思发。后来，在酒店的垃圾筒边，我竟发现堆着很多大画册，大概是太重了，他们不愿意带，悄悄地扔了。后来,在机场的垃圾筒边也发现了一些。真可怕。我再也不想印画册了,起码不印大的了。印些小的,也不会送给同行,他们拿到你的画册只会骂你一通,说这不行,说那不中。还不如送给宾馆的服务小姐,她起码会羡慕一下,哇,你是画家呀!

○ 五月二十八日史和尚对来访的和乐说:现在有一些批评我的文章,可没一篇说到位,什么真和尚假和尚,作秀不作秀,要批评就要从学术上批评,批评画家就要批评画。

这么多年,就我坚守要写实道路。周思聪如果没有《人民和总理》还成立吗?光靠那些变形的人物行吗?新中国成立以后"写实"是很多老一代艺术家探索出来的艺术风格和道路,出现了那么多好画家。后来,新潮美术一流行,纷纷变形去了。周思聪也去画变形了。我始终坚持这条道路,我认为只要走下去一定会越来越光明。我强调生活,画西藏,它是生活。为什么弄几笔大罗汉就是禅了,我偏不那样!美是无辜的,漂亮一点多好。

你看,那些人,找小蜜都要找水灵的,掐出水的,为什么不找那些歪鼻咧嘴的呢?我画得漂亮有什么不好,谁不喜欢漂亮的女人呢?(正说着,有电话打进,史接手机,说我现在一万一尺……)

我也不急涨得太快。范的三万一尺,我不前不后。别人骂,前面有那么几个人挡着,唾沫不会溅到我身上。哈哈。我就在三四个人之后。

边白:艺术之美与生活之美岂能混为一谈。陈老莲、罗两峰的人物并不美却如改琦、潘雅声的仕女格调高古——此所谓艺术之美也。看来,史师傅作画家可惜了,也应像那个什么秋雨的一样当当选美的评委。和尚鉴美,也是一个版本。

○ 六月一日北京罗三峰来访,说:

我已住在北京十八年了,可谓"京漂"艺术家中的老江湖了。我本来不想参加什么协会,也未参加什么大展,只因你不入"美协"你的画价就低一等,想入美协最好途径便是参加"全国美展"或挂了"美协"招牌的展览。只为五斗米折腰啊!

今年又逢五年一次的全国美展,对我来说,机会难得。可交作品必须先经北京市美协过手,他们说:必须是北京市户口才行。我说:我住北京十八年了。他们说:那也是盲流。我说:没想到首都这样的大都市还这样地保守,比小地方还地方本位。改革开放这么多年了,有些地方户籍制都取消了。这样的做法还谈什么与时俱进呢?外国人,外地人都可以来北京投资发展,没想到文化比经济更落后更保守。就差没论成分了。我家可是贫农。他们说:倒有个办法?我说:什么办法都行!他们说:不过要花钱。我说:什么世道了,当然要花钱。能成就行。后来,我交了五千块,报名参加美协"国展培训班",这样,就可以直接拿画进美协终选,不走地方过了。报名的人两三千,只选五十名。我总算幸运地选中了。他妈的,我现在才理解王启明在纽约的滋味,在自己国家同样会被歧视。一切都是中国人自己造成的。

○ 六月十七日,崔如琢说:你们写文章就要写"当美协主席是否画就得好,画价就高?"

又:李可染是大画家,好人,但是不是大教育家呢?他教的学生,大多被毁了,十有八九像他。

又:王季迁这老头好玩,老了玩不动,喜欢"把玩"女子的丰乳。某年他来广州,嘱友人找丰乳女子,他说他一生就喜好把玩——画和丰乳。

又:现在某些画家身边的女人,不说美丑,但德行好的很少。画家惧内太多,印章、钥匙都掌握在女人手中,还谈什么自由,思想解放,还能画好画吗?

又:吴藕汀我知道,柯文辉向我推介过,这句话还有点意思:"二十世纪只有一个半画家"。可这老先生画不行,不会画画。

○ 七月二十日金华画家金庸来访,说了两件事。

"黄宾虹公园"不购藏黄画,却请范曾来办展览,并买下两百多万范的画。黄的公园是个国企投资的。

丁绍光来浙江,不敢在杭州办展览,便跑到金华,金华有人把他当活宝,政府叫一个企业到银行贷款一百二十万买下丁的一张画。这个企业已经不太行了。企业还不起贷款,画押在银行里。后来银行将此画拿到上海拍卖,只顶到八十万,银行只好将画拿回来。政府领导说,不能怨我们,我们也想办好事,拍拍丁的马屁,引一些"美资"来。现在不是时兴文化搭台,经济唱戏吗?

○ 七月二十七日本溪冯大中曾说:访问日本,东山魁夷对他说,你是中国画虎第一人。中国画虎第一人就是亚洲第一人,世界第一人。只有中国人画老虎啊!

又说:我的老虎一出山,举国上下群虎涌动。看到那么多人画我老虎,开始我也气愤,要是在国外,我这种老虎画法是要申请专利的。可时间一长,也就坦然了,不就是用我冯大中的名字赚点钱吗？也挺可怜的，他毕竟掩埋了自己的名，实际上在为我"冯大中"干活。

佛家讲普度众生嘛！我冯大中的老虎可以说带动了一大批产业——老虎画，养活了多少人。

又：冯翻《边缘·艺术》（十二辑）说：这位老人（吴藕汀）说的是什么话，"二十世纪只有一个半画家。一个黄宾虹，半个吴昌硕。"我最佩服徐悲鸿。这老先生画的什么画。你看这树，潦潦草草，太不负责任了。

○ 八月二日吴门凌小姐说：昨去南京尉大师家买字。因同尉有人情，一张条幅一万二，买了两张。因为是要送领导的，怕领导说假，临行前提出想与尉大师照张相。我们刚去时，他们夫妻二个站在门口把我们迎进屋里，他们收钱时还谈笑融洽。不想这时的尉，突然破口大骂：你们拿了字就滚蛋，我和中央领导都不合影的！

凌小姐又说：我看过《沧海》这本书，刘海粟还让人拎着字一起照相呢！他难道比刘海粟还牛逼吗？你牛逼，就不卖嘛！卖了就要讲职业道德，又不是才进城的。真想不通，他这么高的风骨是怎样当上江苏书坛首领的。

○ 有人问钟馗王画家姜也：你画的钟馗不错，应该好卖的吧？画家说，不好卖！为什么？老板买了钟馗去送人,人家不喜欢,钟馗是捉鬼的,当官的不喜欢。听说有几个当官的挂了我画的钟馗后,不长时间就出事情了。清官则是不怕的。贪官怕的就是钟馗,因为他心里本来就有鬼。所以钟馗是不能乱挂的。有位女士挂了我的钟馗以后,烦人的骚扰电话就没有了。

〇 南通造访九十五岁老画家尤无曲。谈到对当代中青年画家作品的看法,老人说"薄"!问他二十世纪最佩服的画家谁,答"陈师曾……黄宾虹"。问李可染画,答"做作"。问黄秋园,答"石涛的皮毛"。问陈子庄,答"小画还行"。

〇 香翁说,某年我参加在杭州图书馆召开的"徽学会",来了很多徽籍名流。旁边有人说,汪静之先生来了。心想:就是那个新月派的,和徐志摩一起的那个诗人?我觉得那已是很遥远的事了。

会上,汪先生发言,我一看,一个糟老头,满头银发,拄着个拐杖,却很优雅地说:

> 我首先要感谢我们徽州的资本家,徽州的大地主。有句古话,无徽不成镇。有了徽州人才有了徽文化,有了空前的繁荣和发展。所以,最后,我还是要说一声:感谢徽州的资本家、徽州的大地主,还有

我们徽州人。

老人说罢,全场哑然,只有我一个人拍了几下手。

旁边那个人低声说:感谢人民才对!

○ 九月一日,参加北大资源美术学院开学典礼。会上,美协某领导讲话:我希望大家做一个好画家,什么是好画家?首先是为人民服务,人民不喜欢你的画,你就没有出路。你的画要人民来买。像吴冠中说的,要专家点头,群众拍手!二……三……

任我行说:现在社会并不缺少画家,而是太多了。北大曾经是新文化新思想的摇篮。我希望你们将来走上社会要做一个有思想的人,我们缺少的是有独立思想的画家。什么叫有思想,比如刚才这位先生说的话,你们要想一想,吴冠中的画没一幅是人民"喜欢"得起的。人民也在为生存奋斗,人民看不懂吴冠中的画更买不起吴冠中的画。买吴冠中的画基本上是资本家、官僚、商人和华侨。哪个学校敢说是为了培养大画家肯定是在搞"传销"。

二〇〇六年

○ 吴藕汀晚年作画用一元一枝普通白云笔。先生说,我年轻时用过好笔。

读俞曲园《茶香室丛抄》有云:"《宣和书谱》:郑喜用秃笔,尝闻汉萧何用秃笔书,为时所重,王僧虔用之,而风韵不减,是亦其得之于心者。""又云:裴行俭每自许,褚遂良非精笔佳墨,未尝辄书。不择笔墨而妍捷者,余与虞世南耳。

又,安徽省博物馆石谷风云:黄宾虹先生亦用退毫,而墨则非良勿用,起码同治以前,谓墨口如刀,色泽如漆而细腻,故能氤氲变化,久积不滞。

藕公所谓曾经择笔而今已不择之,盖画臻化境,所谓武林中人,最高境界无所谓兵器,飞花落叶皆可伤人也。

○ 柯文辉说:有人问李少文,刘海粟书法如何? 李说:你能写出这样的字就能活到九十八岁!

○ 画家吴蓬来访留云庐,称:尝有一故人,自苏北来嘉兴索画,为写鸡雏兰竹。友人欢喜不已,说,家中有一只乾隆青花大盘,下次一定来送给吴大师,表表心意,如此这般拍马屁一通。又拨通手机,大声传呼老婆,说吴大师画了几张精品云云。又叫老婆赶紧把那只青花大盘拿来,拿到电话旁,敲敲、敲敲,让吴大师听听,又把电话贴在我耳边,说,你听听,声音多脆。我听着,果然声音悦耳。

转眼一年,又遇友人,称,盘子已为他人强去。吴叹道:哎呀!这回连声音也听不到啦!

○ 某日,无言居士说:这是一个制造文化垃圾的时代,我们也不怕说我们是制造文化垃圾,而且我们要大量的造,如果你制造的垃圾太少,很快就会被历史清除,被其他垃圾给覆盖。如果你制造出一个巨大的垃圾山,他们想清也清不掉,想盖也盖不了。那么,如果你是一个这样的垃圾画家,画史照样有你的位置存在。所以,如果你把文化垃圾堆积成一座泰山,照样可以成为神话,有很多人来朝拜你。

○ 某拍卖行拍卖某画家作品,画家跑去指出作品是假,要求撤拍。拍卖行负责人却振振有词道:"作品的真假作者说了不算。"画家说:"那谁说了算?"负责人说:"要鉴定家说了算!因为你是当事人。"

○ 两出版社编辑聚在一起,一位说:现在的画册是越俗越好卖,像王的画梅花的,"猫王"、"虎王"之类我们社里是再三加印。另一位说:是啊,这些老干部们喜欢,我们社的编辑有水平编的书不好卖,平庸的编辑编的反而很好卖,奖金也拿得多!

○ 一次研讨会上,有人质疑崔某某、何某某等"大师"称谓,以为当代没有大师。一年轻人站出来说,我们就是要把崔如琢、何水法捧成大师,为什么?如果我们把他们看成大师,那么,我们的参照是崔大师、何大师。如果现在没有大师,那么我们只能以黄宾虹、齐白石这些大师作参照,我们还有作大师的可能吗?

○ 有朋友刚去参加完"宋庄艺术节",归来以后感触颇多,他说宋庄画家村是继圆明园画家村后中国边缘艺术的又一种现象,它充分体现了书本上所描绘的资本主义社会的现象贫富差距极其的巨大。富的像岳敏君、方力钧已经成为国际艺术界大腕,而且他们已经真正成为艺术界的暴发户。而穷困的人,他们就像非洲的难民,依然在生存线上拼命地挣扎。他们花二三百元,租一个农民宅院整天喝着白开水,吃着干馍馍。夏天没有空调,冬天没有暖气,过着饥寒交迫的日子。近的,做着方力钧的梦;远的,做着梵高的梦。他们认为苦难是艺术家必然的经历,苦难就是一种财富。因为他们振振地列举了当初方力钧是怎么的贫困、苦难,梵高是怎么的贫困、苦难。每当有一个洋人或者像画廊老板模样的人从门前走过,他们立马翘首以待。梦想着有一个有眼光的人看中他的画,让他一夜成名,一夜成为方力钧,成为梵高。可是对他们眼下的遭际,这位朋友感到非常的忧虑。因为那天他看到他的那位朋友的样子,好像一阵风就能把他吹倒。他那歇斯底里的神情,仿佛是刚从附近精神病院走出的病人一样。而另一位朋友反而说,艺术家都是神经病,艺术家就要神经病!

○ 今年是鲁迅逝世七十周年,我们想起鲁迅先生《骂杀与捧杀》一文:

> 现在有些不满于文学批评的,总说近几年的所谓批评,不外乎捧与骂。
>
> 其实所谓捧与骂者,不过是将称赞与攻击,换了两个不好看的字眼。指英雄为英雄,说娼妇是娼妇,表面上虽像捧与骂,实则说得刚刚合式,不能责备批评家的。批评家的错处,是在乱骂与乱捧,例如说英雄是娼妇,举娼妇为英雄。
>
> 批评的失了威力,由于"乱",甚而至于"乱"到

鲁迅像 丁聪作

和事实相反,这底细一被大家看出,那效果有时也就相反了。所以现在被骂杀的少,被捧杀的却多。

……

以学者或诗人的招牌,来批评或介绍一个作者,开初是很能够蒙混旁人的,但待到旁人看清了这作者的真相的时候,却只剩了他自己的不诚恳,或学识的不够了。然而如果没有旁人来指明真相呢,这作家就从此被捧杀,不知道要多少年后才翻身。

○ 李渔《闲情偶寄》,开篇便触目惊心:"武人之刀,文人之笔,皆杀人之具也……至笔之杀人较刀之杀人,其快其凶更加百倍。"可惜在当下之美术界捧杀之多骂杀甚少。

问津文库·开卷闲书坊

总策划：杨秋平
主　编：董宁文
副主编：况　璃

清谷书荫（子张）
开卷闲话序跋集（子聪）
萍水生风（白水　老五）
壹壹集（许宏泉）
书装零墨（金小明）
尺素趣（唐吟方）